D1666706

Der fliegende Teppich

Eine Märchenreise durch aller Herren Länder

von PATRICIA TAYLOR

Illustriert von Tony Escott
Claude Kailer und Rosemarie Lowndes

TESSLOFF VERLAG
Hamburg

Inhalt

Fatima und Samsusakir fanden in einer
Höhle einen Zauberteppich. Es war ein
wunderbarer Teppich — er flog mit
ihnen durch die ganze Welt. Sie sahen
mit ihm alle Länder der Erde und sie
lernten alle Tiere und alle Kinder kennen,
die dort leben. Das machte ihnen viel
Spaß!

In diesem Buch findet ihr nun alle
Geschichten, die Fatima und Samsusakir
mit ihrem Zauberteppich erlebten.
Ihr findet darin die Geschichten
über alle

und alle

der Welt.

Kommt an Bord und fliegt mit!

ISBN 3-7886-0115-9

Printed in Italy

AFGHANISTAN

Der fliegende Teppich

Hoch oben in den kalten, alten Bergen des Hindukusch in Afghanistan lebte einst ein Mann ganz allein mit seiner Schafherde. Niemand besuchte ihn, aber er fühlte sich nicht einsam. Denn der alte Mann war dabei, einen fliegenden Teppich zu weben.

Jeder weiß, daß in Afghanistan wunderschöne Teppiche gewebt werden. Aber einen fliegenden Teppich gab es nur einmal und wird es nur einmal geben. Dies ist seine Geschichte.

Jedes Jahr schor der alte Mann seine Schafe. Die Wolle verspann er zu Fäden und färbte sie mit vielen prachtvollen Farben. Dann setzte er sich mit all der Wolle vor seinen Webstuhl, schloß die Augen und begann zu träumen. Und während er träumte, woben seine Hände aus der Wolle die Bilder seiner Träume.

Seine Träume waren keine gewöhnlichen, denn was er sah, gab es wirklich – die Menschen, Dinge und Orte, die er sah, gab es wirklich. So saß er viele Jahre, träumte und wob seine wunderbaren Bilder, bis der Teppich schließlich fertig war. Dann hatte er noch einen Traum. Er träumte, was er mit dem Teppich tun sollte und was mit ihm geschehen würde.

Der alte Mann erwachte mit einem glücklichen Lächeln auf den Lippen. Er hob den Zauberteppich auf seine Schultern und trug ihn hoch hinauf in die Berge. Dort versteckte er ihn in einer Höhle und ging fort. Er kehrte nie wieder dorthin zurück.

Viele Jahre später kam der kleine Samsusakir mit seiner Schwester Fatima in die Höhle. Es war Winter und sehr kalt, und sie hatten sich in einem Schneesturm verirrt. Sie waren ganz glücklich, als sie die Höhle fanden, und noch glücklicher, als sie den Teppich sahen. Sie hüll-

ten sich in ihn ein, und gleich wurde ihnen wieder warm. Und dann entdeckten sie voller Staunen die bunten Bilder, die in den Teppich eingewebt waren.

„Die Bilder sehen aus wie aus fremden Ländern", sagte die kleine Fatima. Sie zeigte auf eines der Bilder und rief: „Dahin möchte ich!" Nun, ich habe euch erzählt, daß es ein fliegender Teppich war. Sobald Fatima dies sagte, hob er sich vom Boden ab und flog davon. Jawohl, er flog davon, und Fatima und Samsusakir, die auf ihm saßen, flogen mit ihm.

Und wohin flog er? Dorthin, wo Fatimas Finger hingezeigt hatte. Und wo war das? Wenn wir weiterlesen, werden wir es erfahren. Denn Fatima und Samsusakir flogen zu all den Ländern, Städten und Inseln in diesem Buch. Die Geschichten berichten von ihren Erlebnissen in jedem dieser Länder. In einigen Geschichten treffen wir Fatima und Samsusakir wieder. In anderen können wir sie nicht sehen, aber sie sind immer da – auf ihrem fliegenden Zauberteppich.

ALGERIEN

Tedjini Flamingo

Tedjini kam in einem Schlammnest in einem Salzsumpf in Algerien zur Welt. Als er über den Nestrand guckte, erblickte er ein großes, merkwürdiges Wesen. Es hatte lange, magere Beine, einen langen, mageren Hals und einen großen, plumpen Schnabel. Dazu hatte es noch rosa Flügel, und sein Kopf war zum Wasser hinuntergebeugt.

„Hilfe!" schrie Tedjini. „Geh weg, du häßliches Ding, oder ich rufe meine Mutter!"

„Da brauchst du nicht so laut zu schreien", sagte das seltsame Geschöpf. „Ich *bin* deine Mutter!"

„Aber ich bin klein und weich und weiß. Du ähnelst mir kein bißchen!" jammerte Tedjini.

„Ich sah genauso aus wie du, als ich in deinem Alter war", sagte sie. „Bald wirst auch du so aussehen."

„Ich will so bleiben wie ich bin", rief Tedjini. So saß Tedjini fortan still da, während die an-deren Flamingo-Babies Laufen, Schwimmen und Fliegen lernten. Er dachte, wenn er sich nicht bewegte, würde er sich nicht verändern!

Seine Mutter war ein kluger Vogel, und so füt-terte sie ihn einfach weiter.

„Eines Tages wird er sich bewegen", sagte sie. Eines Tages kamen dann Jäger in den Sumpf. Natürlich sahen die Vögel sie rechtzeitig und flogen davon. Sogar Tedjini stellte sich auf seine langen, staksigen Beine, schlug seine großen rosa Flügel und schwang sich empor.

Er flog und flog, bis er die Jäger weit hinter sich gelassen hatte. Dann landete er neben seiner Mutter und sagte: „Ich bin doch froh, daß ich groß geworden bin, lange Beine und große Flügel habe."

„Gut", sagte seine Mutter, „und du hast auch einen großen Schnabel, den du ins Wasser tauchen kannst. Nun such dir auch dein Futter selbst!"

Alle Flamingos lachten schreiend darüber. Aber Tedjini kümmerte sich nicht darum. Er war glücklich, daß er sich zu einem netten, ge-wöhnlichen Flamingo ausgewachsen hatte.

Das Salz des Meeres

Es war einmal ein alter Fischer, der hieß Josef. Und obwohl er ein Fischer war, mochte er das Meer nicht, es war ihm verleidet.

Er hatte nämlich ein altes Boot, das immer umkippte. Und jedesmal, wenn es umkippte, fiel Josef ins Wasser. Und jedesmal, wenn er ins Wasser fiel, mußte er Wasser schlucken – scheußlich salziges Wasser, und das mochte er nicht.

Schließlich sagte er: „Ich fahre nie wieder aufs Meer hinaus. Jedenfalls nicht, solange es salzig ist." Er setzte sich an den Strand und starrte aufs Meer.

Josef lebte an der Küste von Angola in Westafrika, wo der Strand breit und flach ist.

Wenn die Flut zurückgeht, bleiben flache Pfützen zurück. Und wenn das Wasser in der heißen Sonne verdunstet ist, bleibt nur das Salz zurück. Eines Tages ging Josef am Strand entlang und kam an eine dieser ausgetrockneten Wasserlachen. Er sah das Salz. „Puh!" sagte er und stieß mit dem Fuß hinein. „Wenn es dich nicht gäbe, du scheußliches Salz, könnte ich wieder fischen gehen."

Da kam ihm eine Idee. Er lief zurück, holte eine Tasche und schaufelte das Salz aus der getrockneten Pfütze hinein. Dann schüttete er es oben an den Strand, wo das Meer nicht hinkam. Er holte noch mehr Salz und immer mehr, bis er einen großen Haufen hatte. Dann setzte er sich darauf und wartete auf die Flut.

„Ätsch!" rief er dem Meer zu. „Ich habe dir dein Salz weggenommen. Was sagst du dazu?" Das Meer antwortete nicht. Da ging er hin, tauchte seinen Finger ins Wasser und leckte daran. Es schmeckte immer noch salzig!

Am nächsten Tag schaufelte der alte Josef wieder alles Salz, das er fand, aus den getrockneten Wasserlachen und trug es auf den Haufen. Aber das Meer schmeckte immer noch salzig. Verdrossen machte er weiter, Tag für Tag. Der Salzhaufen wurde so groß wie ein Haus, aber das Meer blieb salzig. Da gab der alte Mann auf, setzte sich auf seinen Salzhaufen und weinte, und selbst seine Tränen waren salzig.

Da kam ein Fischer vorbei. „Alles Salz ist weg, und meine Frau braucht Salz zum Kochen", sagte er. „Gibst du mir etwas Salz, wenn ich dir ein paar Fische gebe?"

Der alte Josef war nach all der Arbeit sehr hungrig, und er war gern bereit, Salz gegen Fisch zu tauschen. Bald kamen immer mehr Leute und boten ihm Reis, Früchte und manches andere an, denn jeder brauchte Salz zum Kochen. Der alte Mann ging nie mehr Fischen, und er war glücklich bis ans Ende seiner Tage.

Wer heute nach Angola kommt, wird den alten Josef nicht mehr finden. Aber am Strand kann man andere Leute arbeiten sehen. Und was tun sie da? Natürlich, sie holen Salz!

11

Könige und Pinguine

In alten Zeiten, vor Millionen Jahren, konnten Pinguine nicht nur im Meer schwimmen und auf dem Land laufen, sie konnten auch fliegen. In jener Zeit gab es drei Könige – den König der Luft, den König der Länder und den König der Meere. Einmal kamen sie zusammen und sprachen über die Geschöpfe, deren König sie waren.

„Alle Tiere, die auf dem Land leben, gehören mir", sagte der König der Länder.

„Richtig", sagte der König der Luft. „Und alle Vögel, die in der Luft fliegen, sind meine Untertanen."

„Natürlich", sagte der König der Meere.

„Und ich herrsche über alle Tiere, die im Meer schwimmen. Das wird wohl niemand bestreiten." Der König der Länder und der König der Luft nickten zustimmend.

„Gut, dann gehören die Pinguine mir!" rief der König der Meere. „Sie verbringen mehr Zeit im Wasser als auf dem Land oder in der Luft."

„Keineswegs!" rief der König der Luft. „Sie fliegen durch die Luft. Sie sind mein!"

„Unsinn! Ihr habt beide unrecht", schrie der König der Länder. „Pinguine laufen auf dem Land – auf *meinem* Land! Sie gehören mir! Das ist nicht zu bestreiten."

„Nein, nein, nein!" brüllte der König der Meere. „Sie sind mein. Ich habe es zuerst gesagt." Ja, das hatte er wirklich.

Der König der Luft war sehr böse geworden und grollte: „Meinetwegen. Aber wehe, wenn ich einen von ihnen in der Luft erwische! Dann passiert aber was!"

„Und ich", brüllte der König der Länder, „ich lasse deine Pinguine nicht auf mein Land!"

Das hatte der König der Meere befürchtet. Er stürmte wütend davon, um mit seinen Pinguinen zu sprechen.

Den Pinguinen machte es nichts aus, daß sie nicht mehr in der Luft fliegen durften. Sie blieben recht gern im Wasser. „So können wir mehr Fische fangen", sagten sie. „Aber wie soll das werden, wenn wir nicht mehr aufs Land dürfen? *Immer* können wir nicht im Wasser bleiben."

Da hatte der König der Meere eine wunderbare Idee. „Ich zeige euch, wo ihr auf festem Boden laufen könnt", rief er. „Kommt mit!"

So folgten ihm die Pinguine viele, viele Kilometer bis in das eiskalte Land Antarktika, das immer von Eis und Schnee bedeckt ist. Wie jeder weiß, sind Eis und Schnee gefrorenes Wasser.

„Hier könnt ihr bleiben", sagte der König der Meere. „Ihr könnt auf dem Eis leben, das mir gehört. Hoffentlich ist es euch nicht zu kalt."

Die Pinguine sagten nein, es sei nicht zu kalt für sie, und sie müssen wohl recht gehabt haben, denn seither sind Millionen Jahre vergangen, und die Antarktis ist immer noch die Heimat der Pinguine.

Der schöne arktische Sommer

Ein kleiner, runder Samen wuchs in einer Hülse. Als die Hülse aufplatzte, flog der Samen heraus. Der Wind hob ihn hoch, trug ihn fort und ließ ihn wieder fallen. Er fühlte unter sich weiche, feuchte Erde. Da lag er und wartete auf die Sonne, um wachsen zu können. Doch anstatt Sonnenschein fiel Schnee auf ihn, dicker, weißer Schnee. Es wurde kalt und sehr dunkel.

Endlich schien die Sonne, der Schnee schmolz, und die Erde taute auf. Aus dem kleinen Samen wuchs eine Wurzel, dann ein Stengel und ein paar Blätter. Er war nun kein Samen mehr. Er war eine Pflanze. Sie schaute sich um, sah aber nichts als kahle Felsen und eine einzige große Pflanze. „Hm!" sagte die kleine Pflanze. „Hübsch ist es hier gerade nicht."

„Weißt du nicht, daß du hier in der Arktis bist?" fragte die große Pflanze.

„Was heißt das?" sagte die kleine Pflanze und fröstelte leicht.

„Das heißt, du bist fast am Ende der Welt. Hier sind die Winter lang und kalt, und im

Sommer geht die Sonne wochenlang nicht unter. Aber beeil dich mit dem Wachsen, der Sommer ist nur kurz."

Die kleine Pflanze beeilte sich, und in ein paar Wochen war sie schon halb so hoch wie die große Pflanze. Sie wollte gerade Blütenknospen wachsen lassen, als das Wetter wieder kalt wurde.

„Brrr", fröstelte sie. Die große Pflanze erklärte ihr: „Du mußt damit bis zum nächsten Jahr warten!"

Die kleine Pflanze war davon nicht angetan, aber da begann es schon zu schneien. So rollte sie sich fest zusammen, und der Schnee deckte sie zu. Sie blieb so, bis der Schnee schmolz und die Sonne wieder schien. Sie richtete sich auf und schaute umher, aber sie entdeckte nur die Felsen und die große Pflanze. „Was für eine gräßliche, häßliche Gegend", rief sie.

„Nein, sie ist nicht häßlich", sagte die große Pflanze. „Beeil dich nun und laß ein paar Blüten wachsen. Dann wirst du sehen."

So machte sich die kleine Pflanze an die Arbeit und ließ ihre Blütenknospen springen. Und als sich die Blüten öffneten, verwandelte sich das Ende der Welt.

Die Blüten konnten über die Felsen schauen. Sie konnten kilometerweit sehen. Wohin sie auch blickten, überall war der Boden von Blüten bedeckt. Blaue, gelbe, rosa, weiße und rote Blüten. Und durch die sonnige Luft tanzten summende Bienen und Schmetterlinge.

„Siehst du?" sagte die große Pflanze. „Es ist Sommer in der Arktis. Wie findest du das?"

„Es ist wunderschön", seufzte die kleine Pflanze glücklich. Und das war es auch wirklich.

Luigis blauer Sonnenschirm

Buenos Aires ist die Hauptstadt von Argentinien, einem großen Land in Südamerika. In der großen Stadt Buenos Aires gibt es eine Straße, die ist mehr als hundert Meter breit. Auf der einen Seite der Straße wohnt Luigi. Seine Schule liegt auf der anderen Seite der Straße. Jeden Tag, wenn Luigi zur Schule geht, muß er über die breite Straße.

In Buenos Aires ist es im Sommer sehr heiß. Und wenn die Sonne auf die breite Straße herunterbrennt, ist es dort vor Hitze kaum auszuhalten.

Luigi hatte sich einen schönen blauen Sonnenschirm gemacht. Wenn er über die breite Straße zur Schule ging, spannte er immer seinen Sonnenschirm auf. Der Sonnenschirm verhinderte, daß ihm die Sonne auf den Kopf schien. Aber die Luft über der breiten Straße von Buenos Aires ist im Sommer sehr heiß, und vor dieser heißen Luft konnte der Sonnenschirm den Kopf nicht schützen.

Luigi dachte nach. Und er erfand einen Sonnenschirm, der zugleich ein Ventilator war. Er schnitt den blauen Stoff des Sonnenschirms in Streifen und versteifte die Kanten mit Draht. Wenn Luigi jetzt die Straße überquert, hält er einen schwirrenden Sonnenschirm über seinen Kopf. Er dreht den Griff in seinen Händen, und die schönen blauen Streifen wirbeln herum wie Hubschrauberflügel – das gibt eine leichte, kühlende Brise. Der Sonnenschirm schützt Luigis Kopf vor der Sonne, und die Brise kühlt seinen Kopf. Und Luigi ist der glücklichste Junge in ganz Buenos Aires.

Kuddel Känguruh

Als Kuddel Känguruh noch sehr klein war, trug ihn seine Mutter in ihrer Tasche umher. Er trank artig seine Milch und wurde größer und größer. Bald war er so groß, daß er Gras essen konnte. Aber immer noch wollte er in der Tasche seiner Mutter getragen werden.

Eines Tages trug Mutter Känguruh ihren Sohn wieder den weiten Weg bis zum Futterplatz. Kuddel sprang heraus und futterte Gras, bis er satt war. Dann wollte er wieder von seiner Mutter nach Haus getragen werden.

„Du bist nun schon ein großer Känguruhjunge", sagte sie, „du kannst allein nach Haus hüpfen."

„Es ist zu weit, zu anstrengend", schrie Kuddel, hockte sich hin und schmollte. Er blieb einfach sitzen und wartete, ob seine Mutter ihn nicht doch nach Hause tragen würde. Als er lange nichts von ihr hörte, blickte er sich um. Sie war nicht mehr da!

„Mutter! Warte auf mich!" schrie Kuddel und hüpfte den Weg entlang, den sie gekommen waren. Er sah nicht, wie seine Mutter hinter einem Busch hervorkam, wo sie sich versteckt hatte. Er hörte nicht, wie sie hinter ihm herhüpfte.

Auf einem Eukalyptusbaum saß ein Koalabär. „Hast du meine Mutter nicht gesehen?" fragte Kuddel ihn. Natürlich sah der Koalabär sie hinter Kuddel herhüpfen und sagte: „Hast du dich mal umgesehen?"

Aber Kuddel war überzeugt, daß seine Mutter irgendwo vor ihm war. „Hinter mir kann sie nicht sein", sagte er. „Vorhin war sie nicht hinter mir, dann ist sie jetzt auch nicht hinter mir."

Der Koalabär mußte lachen, und auch Mutter Känguruh schmunzelte. Kuddel drehte sich nicht um und hopste weiter.

Ein Leierschwanzvogel hörte Kuddel kommen, und hinter ihm hörte er noch jemanden springen. Der Leierschwanz wußte, das mußte Kuddels Mutter sein, wenn er sie auch hinter den Bäumen noch nicht sehen konnte.

„Hast du meine Mutter gesehen?" fragte Kuddel. „Nein, ich habe sie nicht gesehen", sagte der Leierschwanz. „Aber ich glaube, sie ist hinter dir."

„Sie kann nicht hinter mir sein", sagte Kuddel. „Da hinten bin ich doch gerade gewesen und habe sie nicht gesehen." Und er setzte seinen Weg fort.

Als er schon fast zu Hause war, sah er ein Schnabeltier im Teich schwimmen.

„Hast du meine Mutter gesehen?" fragte er.

„Sieh doch hinter dich!" antwortete das Schnabeltier. Aber Kuddel tat es nicht. Er war *überzeugt*, daß seine Mutter nicht hinter ihm war.

„Dann guck mal ins Wasser", sagte das Schnabeltier.

Kuddel beugte sich über das Wasser – da sah er sein Spiegelbild – und dahinter seine Mutter „Oh", schrie Kuddel, „du warst also doch die ganze Zeit hinter mir! Warum hast du denn nichts gesagt?"

„Ich wollte sehen, ob du allein nach Haus hüpfen kannst", sagte Mutter Känguruh.

„Wahrhaftig, ich hab's geschafft!" lachte Kuddel und war sehr mit sich zufrieden.

Von nun an hüpfte Kuddel überall allein hin. Und bald gehörte er zu den besten Hüpfern unter den Känguruhs in Australien.

Die unglückliche Gemse

Auf einem Berg – in den Alpen – in dem Land Österreich – lebte eine unglückliche, schlechtgelaunte Gemse. Sie war unglücklich, weil ihre Hörner gerade waren. Sie war schlechtgelaunt, weil ihre Hörner nicht an den Spitzen gebogen waren wie die aller anderen Gemsen.

Eines schönen Tages stand die Gemse gerade unter einem Walnußbaum, als der Wind eine Walnuß hinunterschüttelte. Peng! Sie schlug ihr auf den Kopf, genau zwischen die Hörner.

„Au!" schrie die unglückliche Gemse. „Das tat weh!" Außerdem wurde sie wütend und senkte ihren Kopf, stampfte auf den Boden und stürzte sich geradewegs auf den Walnußbaum!

Bums! Sie versetzte ihm einen schrecklichen Stoß. Sämtliche Walnüsse fielen herunter – rassel, prassel, peng, deng – und trafen genau ihren Kopf.

„Au! Auweh!" schrie die Gemse! „Mein armer Kopf!" Und sie rannte zum See, um ihren schmerzenden Kopf im kühlen Wasser zu baden.

Aber als sie am See ankam, sah sie ihr Spiegelbild im Wasser. Ihre Hörner waren nicht mehr gerade! Sie hatte sie so heftig gegen den Baum gerammt, daß sich die Spitzen verbogen hatten!

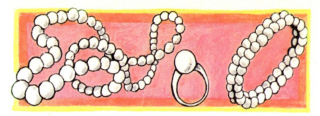

Der Perlentaucher

Das Land Bahrain besteht aus mehreren Inseln im warmen Persischen Golf. Und in diesem warmen Wasser leben die Austern, in deren Muschelschalen man die wertvollen Perlen finden kann. Dies ist die Geschichte von Karim, von dem Jungen, der gern viele Perlen finden wollte, damit seine Mutter eine Perlenkette, seine Schwester ein Perlenarmband und sein Vater einen Perlenring tragen konnten.

Mit seinem kleinen Boot ruderte Karim aufs Meer hinaus. Er fuhr weit hinaus, bis er an die Stelle kam, wo die Austern wuchsen. Da tauchte er tief hinab zum Meeresgrund.

Aber was sah er da? Eine Wassernixe, die ihm zuwinkte! Sie war mit den Flossen ihrer Schwanzspitze zwischen zwei Steinen festgeklemmt. Sie zerrte und zog, aber sie konnte sich nicht befreien.

Karim hatte keine Taucherausrüstung und konnte nicht lange unter Wasser bleiben. Doch er

Der Reiseteppich

Als Fatima und Samsusakir auf ihrem fliegenden Teppich nach Belgien kamen, sahen sie den riesigen Hafen von Antwerpen. Hunderte von Schiffen waren da, Docks und Lagerhäuser und Eisenbahnen; und überall flossen Kanäle durch das flache Land.

„Mal sehn, wo dieser hinführt", sagte Samsusakir und gab dem Teppich einen Ruck, damit er umdrehte und einem breiten Kanal folgte. Sie flogen an großen Fabriken und kleinen Bauernhöfen, an Schlössern und Dörfern vorbei, bis sie in die große Stadt Brüssel kamen.

Menschen aus aller Herren Ländern kommen nach Brüssel, um das schöne alte Rathaus zu

schwamm zur Nixe, rüttelte an den Steinen und zog kräftig an ihrem Schwanz. Gleich war sie befreit. Bevor sie davonschwamm, lächelte sie Karim an und legte etwas in seine Hand. Er sah nicht gleich, was es war, denn er mußte schnell nach oben und Luft schöpfen.

Er kletterte in sein Boot und sah nach, was er in der Hand hielt. Es war das Ende einer Perlenkette, die weit ins Wasser hinunterhing. Karim zog daran, und eine Schnur von schimmernden Perlen ergoß sich ins Boot. Aber ihr Ende war immer noch im Meer. Karim zog und zog, die Perlenschnur nahm kein Ende, bis das ganze Boot mit wunderschönen weißen und rosig schimmernden Perlen gefüllt war.

Karim ruderte mit seiner Perlenladung heim. Nun hat seine Mutter eine Perlenkette. Seine Schwester hat ein Perlenarmband. Sein Vater hat einen Perlenring. Und Karim trägt einen Anzug, der über und über mit Perlen bestickt ist.

besichtigen, aber Samsusakir und Fatima waren bestimmt die einzigen, die jemals auf einem fliegenden Teppich das Rathaus umkreisten! Fatima wollte gerade den Teppich bitten, auf dem Dach zu landen, damit sie es besser ansehen konnte. Da hörten sie ein sehr merkwürdiges Geräusch. Sie schauten sich um und sahen etwas noch Merkwürdigeres – einen großen Hubschrauber!

Weder Fatima noch Samsusakir hatten je zuvor einen Hubschrauber gesehen. So flogen sie schnell hinterher, um ihn aus der Nähe zu betrachten. Doch gerade in diesem Augenblick schob sich eine dicke dunkle Wolke dazwischen, und der Hubschrauber war verschwunden. Sie konnten auch nicht sehen, in welche Richtung er geflogen war.

„Vielleicht treffen wir ihn eines Tages wieder – in einem anderen Land", tröstete sich Fatima.

Frau Knispes Hut

Frau Knispe lebte auf einem Bauernhof hoch in den Bergen am Titicacasee in Bolivien, mitten in Südamerika.

Eines Tages füllte sie einen Korb mit Früchten, holte ihren Schal und ihren schwarzen Ausgehhut und ging, um ihre Früchte auf dem Markt zu verkaufen.

Aber auf halbem Wege setzte sich Frau Knispe unter einen Baum, um auszuruhen. Ihr Korb war schwer, und sie war müde geworden. So müde, daß sie gleich in Schlaf fiel.

Da kam ein Lama des Weges und schnupperte an ihrem Hut. „Sieht aus, als wäre es zu essen", sagte es und wollte hineinbeißen. Da fiel der Hut herunter und rollte den Berg hinab. Und er hörte nicht auf zu rollen, bis er – platsch – direkt im Titicacasee landete.

Frau Knispes Hut war nicht das einzige, was auf dem See schwamm. Auch eine arme Maus war hineingefallen und versuchte zappelnd, wieder an Land zu kommen. Als nun der Hut genau neben sie fiel, piepste sie dankbar: „Ein Boot ist vom Himmel gefallen, um mich zu retten!" und kletterte sofort hinein. Dort saß sie so glücklich, wie eine Maus nur sein kann, bis eine Welle kam und den Hut umkippte.

Aber der Hut war schon so nahe ans Ufer gesegelt, daß die Maus an Land schwimmen konnte.

Von dort sah sie sich nach ihrem Boot um. Es war weg! Frau Knispes Hut hatte sich mit Wasser gefüllt und war gesunken.

Ein Fisch kam geschwommen und fand Frau Knispes Hut. „Ein gutes Versteck!" sagte er und schlüpfte darunter. Er lachte und dachte an *Herrn* Knispe, der oben am Ufer mit seiner Angel saß und ihn hier nicht fangen konnte!

Der arme Herr Knispe hatte den ganzen Tag noch nichts gefangen. Aber plötzlich fühlte er etwas Schweres an seiner Angel und zog sie herauf. Und was war es? Frau Knispes Hut! „Einen Hut hab ich gefischt!" rief er erstaunt. „Den nehme ich mit für meine Frau. Sie liebt Hüte!" und er legte ihn neben sich.

Da kam eine Adlerfrau vorbeigeflogen und entdeckte Frau Knispes Hut. „Den könnte ich gut für mein Nest gebrauchen!", dachte sie. Sie ergriff ihn und flog mit ihm zu einem Baum hoch oben in den Bergen. Dann flog sie davon. In dem Baum lebte eine Schlange. „Was macht denn dieses komische Ding in meinem Baum?" sagte sie und schubste den Hut hinunter.

Nun traf es sich, daß es gerade der Baum war, unter dem Frau Knispe ihr Nickerchen machte. Der Hut fiel herunter und – plumps! – genau auf ihren Kopf. Da wachte sie auf und schrie: „Wer hat meinen Hut angefaßt?" Aber sie konnte niemanden sehen. So nahm sie ihren Korb und setzte ihren Weg fort. Und Frau Knispes erfuhr nie etwas von den tollen Abenteuern ihres Huts!

Der Honigvogel

In Botswana, im Süden Afrikas, liegt die große Kalahari-Wüste. Hier ist die Heimat der kleinen, goldhäutigen Buschmänner, die so klug sind, daß sie mit Tieren sprechen können. Diese Geschichte erzählt, wie ein Buschmann mit einem Honigvogel Freundschaft schloß.

Alle Honigvögel lieben Honig, und eines Tages fand einer ein Bienennest, das von Honig überquoll. Er wollte sich bedienen, aber die Bienen jagten ihn fort.

Der Honigvogel setzte sich wütend auf einen Zweig und schrie zornig: „Diese gefräßigen Bienen haben soviel Honig, daß sie ihn überlaufen lassen! Ich will etwas abhaben!"

„Wirklich?" sagte eine Stimme unten. Der Vogel blickte hinunter und sah einen kleinen Buschmann, der hinaufschaute. „Zeig mir das Nest, und ich hole Honig für uns beide."

Der Honigvogel breitete die Flügel aus und führte den Buschmann zum Bienennest. Der kluge Buschmann zündete ein Feuer an, und der Rauch schläferte die Bienen ein. Dann nahm er sich etwas Honig – ein bißchen für den Honigvogel und ein bißchen für sich selbst.

Der Honigvogel und der Buschmann schmausten herrlich zusammen. Dann begab sich jeder nach Hause und erzählte, was er erlebt hatte.

Seither sind Honigvögel und Buschmänner Freunde geblieben und teilen sich allen Honig, den sie finden.

Das freche Dampfboot

Brasilien ist ein riesiges Land in Südamerika. Durch Brasilien fließt der größte Fluß der Welt, der Amazonas. Weit und breit gibt es nur dichten Dschungel, der fast undurchdringlich ist. Weil es so schwer ist, Straßen durch den Dschungel zu bauen, fahren die Leute mit vielen Booten den Amazonas hinauf und hinunter.

Eines der größten Boote auf dem Amazonas war ein schönes Dampfschiff. Es hieß „Vargas". Die Vargas tuckerte den Fluß hinauf und hinunter und beförderte Menschen und Vieh, Lebensmittel und Gummi. Sie war sehr fleißig und sehr stolz auf sich. Sie tutete gern laut und anhaltend, wenn andere Schiffe ihr in den Weg kamen.

Eines Tages kam die Vargas wieder eilig und tutend den Fluß hinauf. Sie traf den kleinen Luis, der in seinem Kanu paddelte. Das Kanu hieß Lyra.

„Tuut! Tuut!" schrie die Vargas. „Aus dem Weg! Ich hab es eilig."

Luis paddelte, so schnell er konnte. Aber die Vargas rauschte an ihm vorbei und berührte ihn fast. Dabei bespritzte sie Luis und Lyra mit Wasser und kippte sie beinahe um.

„Huup! Huup! Huup!" lachte das freche Dampfboot und fand das sehr lustig. Es lachte laut und achtete nicht darauf, wo es hinfuhr.

Plötzlich – rums! Die Vargas war auf eine Sandbank gelaufen, die dicht unter der Wasseroberfläche versteckt lag. Sie saß fest.

Nun waren Luis und Lyra an der Reihe zu lachen! Luis lachte so sehr, daß er fast in den Fluß fiel. Und Lyra kippte vor Lachen fast um. Das arme Dampfboot konnte sich nicht vom Fleck rühren. Es dampfte und stampfte, aber es kam nicht von der Sandbank herunter. „Hilfe! Hilfe!" schrie es.

Luis und Lyra erbarmten sich. Sie näherten sich der Vargas und befestigten ein Seil an ihrem Bug. Dann paddelte Luis, so kräftig er konnte, und Lyra zog, so kräftig sie konnte.

Plötzlich kam die Vargas mit einem Ruck frei. „Vielen Dank", sagte sie, „und es tut mir leid, daß ich euch naßgespritzt habe."

Heute sind die Vargas, Luis und Lyra gute Freunde, und Vargas spritzt sie nie mehr naß. Und so oft die Vargas kann, nimmt sie die beiden in Schlepp.

BULGARIEN

Der neugierige Teppich

Wieder einmal überlegten Fatima und Samsusakir auf ihrem fliegenden Teppich, welches Land sie als nächstes besuchen wollten, als Samsusakir plötzlich den Hubschrauber entdeckte, den sie schon über Belgien gesehen hatten. „Sieh mal, der Hubschrauber!" schrie er. „Ihm nach!"

Sie jagten lange hinter dem Hubschrauber her und wollten ihn einholen. Aber der Hubschrauber war zu schnell für sie. Schließlich sagte Fatima: „Ich habe Hunger, Samsu."

„Ich auch. Laß uns landen", sagte Samususakir. Er zog am Teppich, damit er landete, aber der Teppich wollte nicht! Er war neugierig und wollte mehr über das seltsam brummende fliegende Wesen erfahren!

Es wurde Abend, ehe der Hubschrauber niederging und in einer Stadt landete. Der Teppich verlor ihn aus den Augen. „Nun, vielleicht landest du jetzt endlich!" sagte Fatima zum Teppich.

Aber der Teppich hatte noch immer nicht genug vom Hubschrauber gesehen. Er wollte bis zum Morgen warten. So landete er auf dem Dach eines Hochhauses, wo er gut Ausschau halten konnte.

In aller Frühe stieg der Hubschrauber wieder hoch. Und – zisch! – der neugierige Teppich schoß hinterher und folgte ihm. Sie flogen an dem großen, blauen Donaufluß entlang über Hügel und Berge, über Wälder und Städte. Fatima und Samsu glaubten schon, ihre Reise würde nie enden. Aber da landete der Hubschrauber auf einem Feld vor einer schönen Stadt in Bulgarien.

Auch der neugierige Teppich kam herunter. Er flog um den Hubschrauber herum und sah ihn sich genau an. Dann seufzte er zufrieden und landete.

Wenige Menschen haben jemals einen fliegenden Teppich gesehen und bestimmt noch niemand aus dieser Stadt. Die Leute liefen herbei und starrten neugierig auf den Teppich und auf die fremdartig gekleideten Kinder, die auf ihm saßen. Schließlich sprach eine Frau sie an: „Willkommen in Bulgarien", sagte sie. „Ich bin Frau Popov. Möchtet ihr zu mir zum Essen kommen?" „O ja, sehr gern", sagten Fatima und Samsusakir wie aus einem Munde. „Wir sind sehr hungrig."

Sie rollten ihren müde gewordenen Teppich zusammen und trugen ihn in Frau Popovs Haus. Auch Fatima und Samsusakir waren müde, und sie waren hungrig und staubig von der Reise. So ließ ihnen Frau Popov ein herrliches, heißes Bad einlaufen, gab ihnen zu essen und brachte sie dann ins Bett.

Der Teppich bekam natürlich nichts zu essen – wer hat denn schon gehört, daß ein Teppich essen müßte? Aber Frau Popov nahm ihren Staubsauger und reinigte ihn gründlich, und der Teppich hatte das sehr gern!

Der Zauberfisch

Ne Nu war ein armer birmanischer Fischer. Er war sehr fleißig und fing viele Fische. Einige brachte er seiner Familie zum Essen. Den Rest nahm er mit zum Markt und tauschte sie gegen Reis, den sie auch zum Essen brauchten.

Ne Nu hatte eine große Schar Kinder. Je größer die Kinder wurden, desto mehr brauchten sie zum Essen. Der arme Ne Nu mußte immer schwerer arbeiten, um sie satt zu bekommen. „Vielleicht fange ich genug Fisch für meine hungrige Familie, wenn ich auch nachts fische“, sagte sich Ne Nu. In der nächsten Nacht fuhr er bei Mondschein mit seinem Boot hinaus und warf sein Netz aus. Plötzlich fühlte er etwas Schweres in seinem Netz. Er zog es ein und sah einen großen, wunderschönen Fisch darin. Es war ein sehr schwerer, aber sehr seltsamer Fisch. Es war kein Fisch zum Essen. Nein – es war ein Fisch aus schöner, blaßgrüner Jade.

Ne Nu hatte noch nie etwas so Wunderbares gesehen. Er lief schnell nach Hause und zeigte seiner Familie, was er gefangen hatte.

Aber die Kinder mochten den Jadefisch nicht. „Was sollen wir mit einem Fisch aus Stein?“ sagten sie. „Wir können ihn nicht essen.“

„Jade ist sehr wertvoll“, sagte seine Frau. „Verkaufe ihn auf dem Markt. Dann kannst du eine Menge Reis für die Kinder kaufen.“

So legte Ne Nu den Jadefisch in einen Korb und machte sich auf den Weg durch den Dschungel zum Markt. Unterwegs begann der Fisch zu reden. „Ich bin ein Zauberfisch“, sagte er, „und obwohl ich aus Stein bin, schwimme ich im Fluß. Wenn du mich wieder hineinwirfst, brauchen deine Kinder nie mehr zu hungern.“

Ne Nu tauchte den Korb ins Wasser, und der Jadefisch schwamm davon. Als Ne Nu den Korb aus dem Wasser hob, war er voll Reis! Er rannte nach Hause und erzählte seiner Frau, was geschehen war, und als sie den Korb leerte, füllte er sich gleich wieder mit Reis. Es war ein Zauberkorb, der nie leer wurde!

Von nun an konnten Ne Nus Kinder essen, soviel sie wollten, und sie wurden groß und stark.

BURUNDI

Die verschwundenen Erdnüsse

Marie lebte in Burundi, einem kleinen Land mitten in Afrika. Eines Tages wollte sie ihr Mittagessen nicht essen. Sie wollte lieber Erdnüsse haben. „Iß erst auf", sagte ihre Mutter, „dann kannst du ein paar Erdnüsse haben."
Marie gehorchte. Aber als sie fertiggegessen hatte, war sie so satt, daß sie keine Erdnüsse mehr mochte! So steckte sie sie in ihre Tasche. Später bekam sie wieder Appetit und wollte ihre Erdnüsse essen. Aber ihre Tasche war leer! Marie und ihre Mutter suchten überall nach den Erdnüssen, konnten sie aber nicht finden.
Viele Wochen später hörte Marie ihre Mutter im Garten rufen: „Ich habe deine Erdnüsse gefunden!" Sie lief hin. Dort, neben dem Kartoffelbeet, wuchsen ein paar neue Erdnußpflanzen!

„Sie müssen hier aus deiner Tasche gefallen sein", sagte ihre Mutter. „Nun sind aus ihnen Pflanzen geworden!"
Marie holte ihre Gießkanne und begoß die Erdnußpflanzen. Sie jätete das Unkraut und sah zu, wie sie wuchsen. Als sie verblüht waren, riß Marie sie aus. Und an den Wurzeln saßen viele, viele Erdnüsse, die Marie alle essen durfte!

KAMBODSCHA

Der stolze Webervogel

Einmal baute ein stolzes Webervogelmännchen ein hübsches Nest in einem Baum in Kambodscha. Sein Nest sollte das beste Nest im ganzen Baum werden. Darum webte er auch das Seil, an dem es hängen sollte, länger als alle anderen. Das runde Nest, das er am Ende des Seils baute, wurde größer als alle anderen Webervogelnester. Die anderen Vögel hatten ihre Nester vor ihm fertig. Sie saßen im Baum und riefen: „Beeil dich-ich-ich! Unsere Frauen kommen-en-en!"
„Ich bin gleich fertig-ig-ig!" zwitscherte er. Er brauchte nur noch die Eingangsröhre zu bauen. Kaum hatte er den letzten Strohhalm eingewoben, da kamen auch schon die anderen Webervogelfrauen angeflogen.
„Sind unsere Nester gebaut-aut-aut?" sangen sie. „Wir wollen unsere Eier legen-en-en!"
Der stolze Webervogel wurde noch stolzer, als seine Frau sein Nest besichtigte.
„Entzückend-end-end", zwitscherte sie und

steckte den Kopf in die Röhre, um hineinzuklettern, doch sie blieb darin stecken.
In der Eile hatte das Vogelmännchen die Röhre zu eng gebaut!
War das eine Aufregung! Alle Vögel flatterten um das Nest herum und wollten ihr helfen. Sie zogen Strohhalm um Strohhalm heraus, bis die Webervogelfrau befreit war.
Sie setzte sich auf einen Zweig, glättete ihr zerzaustes Gefieder und schimpfte und zeterte mit ihrem Mann. Und er, der Arme, machte sich beschämt daran, sein schönes Nest zu reparieren.

Die Pygmäen und der Okumé-Baum

Im tiefen, dunklen Urwald von Kamerun in West-afrika lebt ein Stamm des winzigen Pygmäen-volkes. Eines Tages hörten sie nach einem schweren Regenguß eine gewaltige Stimme. „Au, au!" knarrte sie. „Kommt und helft mir, bitte!" Die Pygmäen erschraken, liefen davon und ver-steckten sich. Aber ein kleiner Mann war tapfer, kroch hervor und sah, woher die Stimme kam. Es war ein riesiger Okumé-Baum, der so schrie! Der tapfere kleine Pygmäe war ganz erstaunt. „Ich habe noch nie einen Baum sprechen hören", sagte er.

„Wir Bäume halten das gewöhnlich auch ge-heim", erwiderte der Okumé-Baum. „Aber der Regen hat einen riesigen Felsblock den Hang hinabgespült, und der zerquetscht mir nun meine Wurzeln. Kannst du ihn bitte für mich fortrollen?"

Dem kleinen Pygmäen tat der große Baum leid, und so ging er und holte die anderen Pygmäen herbei. Sie alle schoben und rückten und zerrten und schubsten den Fels, bis er schließlich weg-rollte.

„Ach! Ist das eine Erleichterung! Danke schön", sagte der Okumé-Baum. „Ich fühle mich gleich viel besser."

Seither ist der riesige Baum der Freund der win-zigen Pygmäen. Immer, wenn die Pygmäen wissen wollen, was irgendwo in der Ferne passiert, fragen sie den Okumé-Baum. Er ist so riesen-groß, daß er den ganzen Wald überblicken kann, und er erzählt ihnen alles, was er dort sieht.

Das Stachelschwein und das Stinktier

Eines Sommers ging der dumme Bob im Norden Kanadas auf Goldsuche. Er war dumm, weil er allein in einen Wald ging, in dem er sich nicht auskannte.

Kein Wunder also, daß er sich verirrte. Er stolperte durch den Wald und schrie um Hilfe. Aber niemand antwortete. Schließlich setzte er sich auf einen Stein und jammerte: „Hier werde ich nie mehr herausfinden.“

„Ich auch nicht, wenn du mir nicht hilfst“, sagte eine Stimme. Es war direkt zu seinen Füßen. Bob blickte hinunter. Im Boden war ein tiefes Loch, und darin saß ein schmuddeliges, stacheliges Tier. „Armes Ding, du bist dort hineingefallen und kannst nicht heraus“, sagte Bob. Er streckte seinen Arm aus und wollte das Tier herausziehen.

„Rühr mich nicht an!“ schrie es. „Halt mir einen Zweig hin.“ Bob nahm einen Zweig und hielt ihn ins Loch. Das Tier biß sich mit seinen Zähnen am Zweig fest, und Bob zog es heraus.

„Danke“, sagte es und spuckte ein Stück Rinde aus. „Ich bin ein Stachelschwein. Faß mich lieber nicht an, ich habe überall Stacheln. Die möchtest du sicher nicht in deiner Haut haben.“

„O nein, bestimmt nicht“, sagte Bob. Die Stacheln sahen ziemlich gefährlich aus.

Dann sagte er: „Ich habe mich verirrt. Kannst du mir helfen?“

„Ich bring dich an den Waldrand“, sagte das Stachelschwein. „Aber kannst du noch etwas für mich tun, bevor wir gehen?“

„Was denn?“ fragte Bob.

„Zieh auch meinen Freund aus dem Loch“, sagte das Stachelschwein, „wir sind zusammen hineingefallen.“

Bob sah in das Loch hinunter. Ein kleines, weißschwarzes Tier blickte ihn an! Er steckte gleich seinen Arm hinein und wollte es fassen.

„Vorsicht!“ kreischte das Stachelschwein.

„Vorsichtig, oder du wirst es bereuen.“

Bob hob das kleine Tier behutsam heraus. Es sah sehr hübsch und freundlich aus. Warum sollte er vorsichtig sein? Dummer Bob – er wußte nicht, daß es ein Stinktier war.

Plötzlich erschien ein großer hungriger Bär zwischen den Bäumen und knurrte sie an.

Bob wollte wegrennen, aber die anderen beiden blieben, wo sie waren. Das Stachelschwein klatschte dem Bären seinen Schwanz auf die Nase. Die Bärennase war gespickt mit seinen Stacheln!

„Auuuh!“ schrie der Bär und blieb stehen.

Das Stinktier hob seinen Schwanz und bespritzte den Bär mit einem abscheulichen Gestank. Der Bär machte kehrt und rannte davon.

„Puh, wie stinkt das“, japste Bob und hielt sich die Nase zu. Das Stachelschwein und das Stinktier kugelten sich vor Lachen.

„Wir können schon auf uns aufpassen, so klein wir auch sind“, kicherte das Stinktier.

Dann brachten sie Bob an den Waldrand. Dort verabschiedeten sie sich von ihm und sahen ihm nach, wie er gen Norden marschierte.

25

ZENTRALAFRIKANISCHE REPUBLIK

Die Würger und die Schlange

Mitten in Afrika liegt ein weites Savannenland mit Bäumen und hohem Gras. Vor langer Zeit lebte dort der Junge Riri mit seiner Familie. Sie arbeiteten alle auf den Feldern – auch Riri, der aufpassen mußte, daß die Vögel nicht die Hirsesaat wegpickten.

Jeden Morgen nahm er seinen Stock und ging ins Feld. Sobald die Sonne aufging, kamen auch die Vögel. Sie ließen sich auf dem Acker nieder und wollten die Hirsekörner essen. Riri verscheuchte sie mit dem Stock.

Als Riri einmal wieder mit seinem Stock erschien, flatterten etliche Vögel erschreckt auf, aber nicht alle. Da waren neue, langgeschwänzte freche Vögel gekommen, die man Würger nennt. Sie hopsten nur ein bißchen zur Seite, wenn Riri kam, und pickten gierig weiter.

Da saßen sie, zwanzig fette schwarzweiße Vögel, und fraßen so schnell und so viel sie konnten. Riri mochte sie nicht, sie hatten merkwürdige gelbe Ringe um ihre starrenden, schwarzen Augen. Er mochte auch nicht, wenn sie mit ihren schwarzen Schnäbeln nach ihm pickten. Und er mochte nicht ihr schrilles Gezwitscher. *Und vor allem mochte er nicht, daß sie die Hirse fraßen!* Er warf den Stock nach ihnen!

Erschreckt flogen sie auf, schrien und kreischten. „Aha", lachte Riri, „nun werden sie endlich verschwinden."

Aber nein, sie stürzten sich auf Riri, schnappten und pickten nach ihm. Sie jagten ihm soviel Angst ein, daß er wegrannte und sich im hohen Gras unter einem Baum versteckte. Dort saß er und weinte. Er fürchtete sich, nach Hause zu gehen und zu erzählen, daß er diese schrecklichen Vögel nicht fortjagen konnte.

Plötzlich hörte er über seinem Kopf eine zischende Stimme. „Brauchst du Hilfe?" fragte sie.

Riri sprang auf. Die Stimme gehörte einer großen, schwarzgoldgrünen Schlange. Sie war um einen dicken Ast gewickelt. „Hab keine Angst", sagte sie. „Wenn du mir hilfst, helfe ich dir auch."

Die Schlange erzählte ihm, daß sie sich um den Ast geschlungen hatte, um nicht vom Baum zu fallen, während sie schlief. Aber als sie aufwachte, konnte sie sich nicht mehr loswickeln. Sie hatte sich selbst zu fest verknotet!

„Wenn du mich losmachst", sagte die Schlange, „verjage ich diese schurkischen Würger, die deine Hirsekörner auffressen."

Riri hatte Angst vor der Schlange, aber er nahm all seinen Mut zusammen. Er kletterte auf den Baum und knotete sie los. Sofort glitt sie hinunter und verschwand ohne ein Wort des Dankes im Gras. Riri glaubte schon, daß die Schlange gelogen hatte. Aber da sah er, wie die Würgervögel kreischend vom Acker flohen. Die Schlange hatte sie vertrieben.

Riri sah die Schlange nie wieder. Aber sie mußte irgendwo in der Nähe lauern. Denn seit diesem Tage blieben die Würger immer auf den Bäumen und fraßen nie wieder die Hirsekörner vom Feld.

Die gemütliche Teestunde

Zwei dicke Händler begegneten sich auf einer engen Brücke über dem Fluß Mahaweli Ganga. Jeder trug ein großes Bündel auf dem Rücken. Sie waren beide mürrisch, denn es war die Zeit der heißen Monsunwinde, und es goß in Strömen. Die Brücke war so schmal, daß sie nicht aneinander vorbei konnten.

Der eine trug einen Ballen Tee. Er hatte ihn in ein Gummituch gewickelt, damit der Tee nicht naß wurde. Der andere trug eine Kiepe voll Teekannen. Sie konnten ruhig naß werden, aber ihn *selbst* störte der Regen sehr.

„Mach Platz!" schimpfte der Teekaufmann.

„Wie sprichst du mit mir, du Flegel!" zeterte der Teekannenkaufmann.

Sie wurden beide furchtbar zornig, und keiner wollte von der Brücke weichen. Sie schubsten und schoben, drängten und stießen sich. Die kleine Brücke ächzte und stöhnte und brach schließlich ein. Platsch! Alles flog ins Wasser – Brücke, Tee, Töpfe und Handelsmänner!

Kaum waren die beiden Händler aus dem Wasser gekrochen, stürzten sie aufeinander los und begannen sich zu prügeln. Den Tee und die Teekannen hatten sie längst vergessen.

Am selben Tag saßen abends zwei Fischer traurig in ihrem Boot im Hafen von Trincomalee, wo der Fluß Mahaweli Ganga in das Meer mündet. Sie waren traurig, weil sie nun naß geworden waren und noch keine Fische gefangen hatten.

„Eine schöne heiße Tasse Tee täte mir jetzt gut", sagte der eine Fischer.

„Mir auch", sagte der andere.

Gerade in dem Augenblick kamen zwei Packen angeschwommen. Sie zogen sie ins Boot und öffneten sie. Und was fanden sie? Einen Ballen Tee und zwei Dutzend Teekannen. Die glücklichen Fischer liefen nach Hause und kochten sich viele Kannen voll Tee. Dann setzten sie sich gemütlich hin und tranken allen Tee genüßlich aus.

Die beiden Händler aber rauften sich immer noch.

TSCHAD

Leilas goldener Ring

Im nördlichen Afrika, im Lande Tschad, lebte das schöne Mädchen Leila. Sie hatte große, dunkle Augen und weiche, dunkle Haut. Ihr dickes, schwarzes Haar war in Hunderte dünner Zöpfe geflochten. Aber sie war nicht nur das schönste Mädchen in Tschad, sie war auch das traurigste.

Alle Mädchen in Tschad trugen einen kleinen goldenen Ring im Nasenflügel. Aber Leilas Ring war ein *großer* goldener Ring.

„Unsere Tochter ist das schönste Mädchen, darum muß sie auch den schönsten Ring haben", sagten Leilas Eltern.

Leila war traurig, denn sie mochte keinen so großen Ring tragen. Wenn sie ging, baumelte er hin und her und kitzelte sie an der Nase.

Eines Tages, als sie zum Brunnen ging, um Wasser zu holen, schaukelte und kitzelte der Ring mehr als je zuvor. Leila mußte niesen. Und dabei sprang ihr der Ring von der Nase und fiel in den Brunnen.

Sie lief nach Hause und erzählte es ihrem Vater. Er ließ einen Eimer in den Brunnen hinab und versuchte, den Ring herauszufischen. Aber es gelang ihm nicht, so sehr er sich auch bemühte, der Brunnen war zu tief.

Er wollte seiner Tochter gern einen neuen Ring kaufen, doch als er sah, wie froh sie ohne den Ring war, tat er es nicht.

Nun trägt Leila überhaupt keinen Ring mehr in der Nase. Ihre Eltern bedauern das sehr, aber Leila ist glücklich, denn nichts kitzelt mehr ihre Nase. Jetzt ist sie nicht nur das schönste, sondern auch das glücklichste Mädchen in Tschad.

Pedros schönes Land

Diese Geschichte erzählt von Fatimas und Samsusakirs Besuch in Chile – einem langen, schmalen Land an der Westküste Südamerikas. Der fliegende Teppich trug sie eines Tages über das hohe Andengebirge in den Norden Chiles. Dort lag zwischen den schneebedeckten Berggipfeln ein See. An seinem Ufer stand ein Hirtenjunge. Er erzählte ihnen, dies sei der See Sajama, und er selbst heiße Pedro.

„Ist es in Chile überall so – nur Seen und Berge?" fragte Samsu.

„O nein", sagte Pedro. „Chile hat auf der einen Seite Berge und auf der anderen das Meer. Aber dazwischen liegen viele wunderschöne Städte und Landschaften, denn Chile ist viele, viele Kilometer lang!"

Fatima und Samsusakir baten Pedro, ihnen alles zu zeigen. Er setzte sich zu ihnen auf den Teppich und flog mit ihnen. Zuerst kamen sie zu dem riesigen Kupferbergwerk Chuquicamata. Es sah aus wie ein großes, in den Fels geschlagenes Stadion, mit großen Stufen an den Seiten – wie Treppen für Riesen.

Dann flogen sie südwärts, über Wüsten, wo kein Tropfen Regen fällt, bis in eine Gegend, die Campo Chileno heißt. Dort sahen sie die schönen Städte Santiago und Valparaiso; sie sahen fruchtbares Ackerland und Prärien und viele Kanäle, die das Schmelzwasser aus den Bergen auf die Felder leiten. Sie landeten neben einem hübschen, weißen Bauernhaus. Der Bauer lud sie auf die Veranda ein, die von Wein und Blumen umrankt war. Dort aßen sie zu Mittag – Tomaten und Mais und drei Sorten Melone!

Dann flogen sie weiter nach Süden, über weite Prärien und große Landgüter und dichten, ganz dunklen und feuchten Dschungel.

Schließlich sagte Pedro: „Gleich sind wir am Ende meines Landes, und hier ist auch die südlichste Spitze von Südamerika." Sie sahen, daß die Berge nicht mehr so hoch waren wie vorher. Und wo das Land auf das Meer stieß, zerbrach es in viele hundert kleine und große Inseln.

Pedro lenkte den Teppich zu der entferntesten Insel, und dort ging er nieder. Fatima und Samsu sahen, wie einsam und fremdartig es hier war.

Pedro sagte: „Das ist Kap Hoorn. Hier kommen die Schiffe vorbei, wenn sie Südamerika umfahren."

Fatima und Samsusakir blickten auf die kalte, graue See und die großen, kalten Wellen, und sie zitterten in dem eisigen Wind. Sie waren froh, daß sie einen fliegenden Teppich hatten und nicht mit dem Schiff um Kap Hoorn fahren mußten.

CHINA

Der kleine Junge
und der Drache

Vor langer, langer Zeit kam einmal ein schrecklicher Drache aus den Bergen herunter und griff eine Stadt in China an.

Niemand hatte je zuvor einen so furchterregenden, schrecklichen Drachen gesehen. Er war über und über mit glitzernden Schuppen bedeckt. Er hatte große, starrende Augen und eine Menge kräftiger Beine mit Dutzenden von langen, scharfen Krallen. Sein riesiges Maul war voll spitzer Zähne. Seine lange, rote Zunge war gespalten. Und – damit nicht genug – er blies auch noch Feuer aus der Nase.

Voller Angst liefen die Menschen in ihre Stadt, die von hohen Mauern umgeben war, und verriegelten die großen Tore. „Harr! Jetzt muß ich erst die Tore niederbrennen, bevor ich euch Leute fresse!" brüllte der Drache.

Die Leute standen auf den Stadtmauern, da konnte der Drache nicht hinaufreichen. Sie schrien: „Warte doch! Friß nicht uns! Dort hinter dem Stein versteckt sich ein kleiner fetter Junge. Warum frißt du den nicht?"

Der Drache guckte hinter den Stein, und dort saß tatsächlich ein kleiner, fetter Junge. Er hatte sich dort versteckt, weil die Tore schon geschlossen waren, als er in die Stadt hinein wollte. Er war nämlich so dick und fett, daß er nicht schnell genug laufen konnte.

„Ham hamm", machte der Drache, öffnete sein riesiges Maul und wollte den Jungen verschlingen.

„Halt! Warte!" schrie der Junge. „Du darfst mich nicht fressen. Ich bin ein *Zauberer!*" Der

KOLUMBIEN

Die Ölquelle, die keine war

Diese Geschichte erzählt von einer Ölquelle, die keine war. Sie war eine gute Quelle, aber eben keine Ölquelle. Sie war noch überhaupt nichts, bis eines Tages Männer in den Wald Kolumbiens kamen, eine Menge Maschinen mitbrachten und ein Loch in die Erde bohrten. Sie suchten nach Öl. Sie bohrten und bohrten, mehr als hundert Meter tief. Plötzlich schoß eine Fontäne aus dem Bohrrohr. „Hurra! Wir haben eine Ölquelle gefunden!" riefen die Männer.

Doch rasch verging die Freude. Sie packten ihr Werkzeug zusammen, zogen ab und verließen die sprudelnde Quelle. Es war nämlich gar keine Ölquelle, sondern eine Wasserquelle.

Die verachtete Quelle fühlte sich sehr elend. Sie hörte auf zu sprudeln. „Wozu sich plagen?" murmelte sie, „wenn mich niemand will." Und sie tröpfelte nur noch.

„O bitte nicht!" riefen alle Vögel in den Bäumen. „Wir haben dich sehr, sehr gern!"

Sssischsch! machte die Quelle. „Schön, daß mich doch jemand braucht." Sie sprudelte munterer als zuvor, ihre Fontäne funkelte im Sonnenschein. Und die Vögel sangen vor Freude.

Drache hielt inne. Er überlegte, ob es gesund für ihn wäre, einen Zauberer zu verspeisen. Und außerdem war er ganz versessen auf Zauberkunststücke. Der Junge erzählte ihm, er sei zehntausend Jahre alt und könne sehr gut zaubern.

Der Drache sagte neugierig: „Wenn du mir etwas vorzauberst, werde ich dich nicht fressen!"

„Gut", sagte der kleine Zauberer. Er warf eine Handvoll roten Puder in die Luft und schwupp! – auf dem Rücken des Drachen breiteten sich zwei Flügel aus. Der Junge kletterte auf den Drachen, und schon flogen sie davon.

Die Leute auf der Stadtmauer rissen Mund und Nase auf und riefen dem Jungen nach, er solle zurückkommen. Er sollte auch für sie zaubern. Aber der Junge verschwand mit dem Drachen hinter den Bergen, und sie wurden nie mehr gesehen.

KONGO

Der neugierige Bimbo

Im heißen Kongo lebte einmal ein kleiner Elefant, der hieß Bimbo und war sehr neugierig. Sobald er etwas Neues entdeckte, mußte er es untersuchen. Eines Tages sah er hinter einem Baum etwas glänzen. Seine Mutter war gerade bei einer Blättermahlzeit und bemerkte nicht, daß er wieder etwas untersuchte. Bimbo dachte, das glänzende Ding würde verschwinden, wenn es ihn sähe. So schlich er sich vorsichtig durch die Büsche heran. Da sah er ein langes, rundes Metallrohr, dessen unteres Ende im Busch verborgen war. Er schlang seinen Rüssel um das Rohr und zog es heraus. Er schwang das glänzende Ding hoch in die Luft. Da gab es einen schrecklichen Knall von sich. Ein erschrockener Mann sprang aus dem Busch und rannte davon. Bimbos Mutter stampfte herbei. „Das war ein Jäger!" trompetete sie. „Du hast seine Waffe erbeutet und ihn verjagt!" Und sie trabte los und erzählte allen, was für ein tapferer Held ihr kleiner Sohn war.

Bimbo war natürlich sehr stolz, daß er nun ein Held war. Aber neugierig blieb er.

Das wilde Kätzchen

Ines lebte in Costa Rica in Mittelamerika. Eines Tages, als sie auf dem Heimweg aus der Schule durch den Wald ging, hörte sie im Gebüsch ein jämmerliches Schreien. Sie sah nach und fand ein Kätzchen. So ein seltsames Kätzchen hatte sie noch nie gesehen! Es war braun, hatte schwarze Flecken und einen geringelten Schwanz.

Ines wollte das Kätzchen aufheben, doch es fauchte und kratzte. Sie wollte es aber nicht zurücklassen, es sah so unglücklich und hungrig aus. So leerte sie ihre Schultasche aus und schob das Kätzchen hinein. Dann lief sie schnell nach Hause in die Küche zu ihrer Mutter.

„Sieh nur, was ich gefunden hab!" rief sie. Sie öffnete ihre Tasche, das Kätzchen schlüpfte heraus und sprang auf den Tisch.

„Ein Raubtier!" kreischte die Mutter. Sie zog Ines nach draußen und machte die Küchentür zu. „Ich gehe nicht wieder in die Küche, bevor Vater kommt", sagte sie. Als er kam, erzählte sie ihm von dem wilden Tier. Er öffnete vorsichtig die Küchentür und warf einen Blick hinein. Da mußte er lachen und rief Ines und die Mutter in die Küche. Das Kätzchen lag schlafend auf dem Tisch, mit einem Milchbart um den Mund. Es hatte einen Milchkrug umgestoßen und sich sattgetrunken.

„Das ist ein Pumababy", sagte der Vater. „Es ist höchstens zwei Wochen alt. Ich möchte wissen, wie es hierhergekommen ist und wo seine Mutter geblieben ist."

Sie fragten alle Leute im Dorf und auch die Bauern im Umkreis, aber niemand hatte eine Puma-Mutter gesehen. Woher das Kätzchen gekommen war, blieb ein Geheimnis.

Ines wollte es gern behalten, doch ihr Vater sagte: „Mit zwei Jahren ist das Tier zwei Meter lang! Und Pumas lassen sich nicht zähmen." Eine Zeitlang aber durfte sie es behalten. Ines nannte das Pumakind Josef, sie gab ihm zu essen und sorgte für ihn.

Als Josef acht Monate alt war, waren seine Baby-Flecken verschwunden, sein Fell war nun ganz und gar goldgelb. Er war groß und schwer, es wurde Zeit, ihn freizulassen. Ines und ihr Vater schoben ihn ins Auto und fuhren mit ihm in den Wald.

Sie setzten ihn auf die Erde. Einen Augenblick sah er sie verwundert an. Er schnupperte in der Luft, dann sprang er mit großen Sätzen in den Wald. „Wird er nicht verhungern?" fragte Ines. „Wir werden ihm Futter bringen, bis er gelernt hat, für sich selbst zu sorgen", sagte ihr Vater.

Sie ließen Essen für Josef zurück und fuhren heim. Jede Woche brachten sie ihm Futter an denselben Platz. An den Fußspuren konnten sie sehen, daß Josef es verspeist hatte.

Doch eines Tages lag das Futter noch da, er hatte es nicht geholt. Nun wußten sie: jetzt konnte er für sich selber sorgen. Er hatte ihre Hilfe nicht mehr nötig und lebte ein freies Pumaleben im Wald.

Zuckerrohr

Kuba ist die größte Insel in der Karibischen See. Es gibt dort große Zuckerrohrpflanzungen. Aus dem Zuckerrohr wird Zucker gemacht.

Maria lebte auf einer solchen Pflanzung, und es gab kaum etwas auf der Welt, was sie lieber aß als Zuckerrohr. Eines Tages schlich sie sich in ein Zuckerrohrfeld, brach sich ein saftiges Rohr ab, kaute es und lutschte den süßen Saft heraus. Als sie nach Hause kam, war ihre Mutter sehr ärgerlich: Maria war über und über mit klebrigem Zuckersirup bedeckt. Ihr Gesicht, ihre Hände, Kleid und Schuhe, alles war verschmiert, sogar in den Ohren hatte sie Zuckersirup. Ihre Mutter schimpfte und wusch sie von oben bis unten ab.

Am nächsten Tag sagte Marias Mutter: „Bleib heute im Haus, wir bekommen lieben Besuch." Maria wartete und wartete, aber niemand kam. Schließlich hatte sie keine Lust mehr, zu sitzen und zu warten – sie schlüpfte nach draußen.

„Nur ein kleines Stück Zuckerrohr", dachte sie, „dann gehe ich zurück." Nachdem sie aber ein Stück genommen hatte, konnte sie nicht widerstehen. Sie nahm noch eines – und noch eines – und noch eines. Sie kaute und lutschte Zuckerrohr, bis sie nicht mehr konnte.

Als sie heimkam, war sie wieder ganz mit Sirup verschmiert. Ihre Mutter schimpfte nicht, sie sagte nur: „Dein Vetter Rodolfo war hier! Wir sind nach Havanna gefahren, haben uns die Stadt angesehen und Schokoladeneis gegessen." Maria brach in Tränen aus. Das einzige auf der Welt, was sie noch lieber mochte als Zuckerrohr, war Schokoladeneis! Und am allerliebsten hatte sie Rodolfo, ihren großen Vetter. Sie war so unglücklich, daß sie sich nicht einmal sträubte, als ihre Mutter sie in die Wanne steckte und abschrubbte. Aber das Zuckerrohr war ihr verleidet – für immer!

Eines Tages kam ihr Vetter Rodolfo wieder zu Besuch. „Ich hab gehört, wie lieb du jetzt bist", sagte er. Und er nahm sie mit nach Havanna, und dort bekam sie eine große Portion Schokoladeneis.

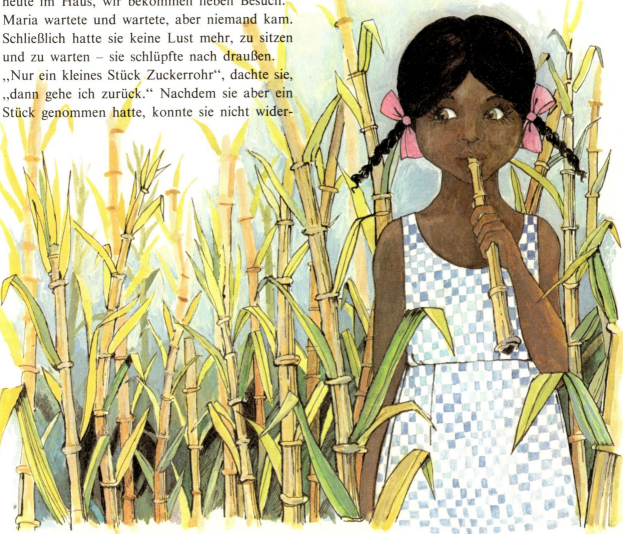

CYPERN

Der Baum
der guten Wünsche

Im östlichen Mittelmeer liegt die große Insel Cypern. Diese schöne Insel hat eine lange Geschichte. Schon tausend Jahre vor Christus, als die alten Griechen und Phönizier dorthin segelten, war die Insel bewohnt.

Lange vor dieser Zeit aber, bevor auch nur ein Mensch auf Cypern lebte, stand dort ein alter Baum, und dieser Baum steht auch heute noch dort. Er ist ein Zauberbaum. Er sieht aus wie ein ganz gewöhnlicher Baum – alt und krumm und knorrig, eben ein gewöhnlicher alter Baum. Nur einmal in hundert Jahren sieht er anders aus. Dann hängt eine einzige Frucht an dem Baum. Sie sieht aus wie eine große, purpurrot leuchtende Birne. Diese wundervolle Frucht hängt aber nur einen Tag an dem Baum, dann fällt sie herunter.

Wer diese Frucht findet, die einmal in hundert Jahren wächst, ist zu beneiden. Denn der Baum ist der Baum der guten Wünsche.

Wer von dieser Zauberfrucht ißt, dem gehen alle guten Wünsche in Erfüllung – sein Leben lang. Wenn er aber nur einmal etwas Schlechtes wünscht, verliert er sein Glück und ist für den Rest seines Lebens unglücklich.

Irgendwo in Cypern steht der Baum der guten Wünsche. Würdest du es wagen, seine Frucht zu essen?

Der goldene Knochen

Der wunderbare Zauberteppich flog mit Fatima und Samsusakir über die Tschechoslowakei, neuen Abenteuern entgegen. Plötzlich senkte er sich und landete auf einer Straße. Ein riesiger, abgemagerter Hund, der sehr schwach und hungrig aussah, schlich dort entlang. Er tat Fatima leid. „Hallo, Hund!" rief sie. „Möchtest du ein Stück Brot?"

„Natürlich, gern", erwiderte der Hund und sah die Kinder hoffnungsvoll an.

„Dann komm und iß!" sagte Fatima, und sie öffnete ihren Frühstückskorb.

Der hungrige Hund aß mehrere Schnitten und ein ganzes Paket Kekse. „Ah, das tut gut", seufzte er. Dann fragte er: „Könnt ihr mich nicht nach Prag mitnehmen?"

Natürlich, das wollten sie gern. Der Zauberteppich schaffte das spielend. Im Nu waren sie unterwegs. Glücklich streckte sich der Hund auf dem weichen Teppich aus. „Das ist wunderbar, viel besser als Laufen", sagte er. „Aber wollt ihr denn gar nicht wissen, was ich in Prag will?"

Natürlich wollten sie es gern wissen! Der Hund erzählte ihnen eine seltsame Geschichte: „Prag ist eine sehr alte Stadt, das wißt ihr doch?" begann er. „Vor vielen hundert Jahren lebte dort mein Ur-Ur-Urgroßvater. Er gehörte einem Prinzen. Eines Tages rettete er diesem Prinzen das Leben. Da schenkte der Prinz ihm einen wundervollen Knochen, der war aus reinem Gold. Und was tat mein Urahne mit diesem Knochen? Er vergrub ihn! Und ich will den Knochen jetzt suchen. Denn die Leute in meinem Dorf leiden Hunger, weil in diesem Jahr die Ernte schlecht war. Wenn ich den Knochen finde, kann ich für alle etwas zu essen kaufen!"

„Du bist aber ein freundlicher Hund", sagte Samsusakir bewundernd. „Aber warum wurde der Knochen nicht schon längst ausgegraben?"

„Weil wir ihn bis jetzt nicht brauchten", sagte der Hund.

Sie kamen nach Prag, und Fatima und Samsusakir fragten sich, wie sie in einer so großen Stadt einen Knochen finden sollten. Aber der Hund war unbesorgt. Die Geschichte von dem goldenen Knochen und seinem Versteck war seit Jahrhunderten überliefert. Als sie einen alten Palast überflogen, rief er: „Hier ist es, ganz sicher! Landet im Garten!" Als sie unten waren, sprang der Hund vom Teppich und rannte hinter eine alte, halb zerfallene Statue. „Hier muß der Knochen liegen", sagte er und begann zu scharren. Tatsächlich, er fand den Knochen! Sie wischten die Erde ab, da glänzte er wie reines Gold. Sie verkauften den Knochen und bekamen eine Menge Geld. Dafür konnten sie soviel zu essen kaufen, daß es für ein ganzes Jahr reichte! Der Hund sprang vor Freude – er war glücklich, daß er den Dorfbewohnern helfen konnte.

Fatima und Samsusakir brachten den Hund in sein Dorf zurück und flogen dann weiter. Und sie erinnerten sich noch oft an den freundlichen Hund und seinen goldenen Knochen.

Das Buschbaby

In Dahomey, einem Land in Afrika, gibt es Buschbabys, das sind kleine, schmiegsame Tiere mit weichem Fell und großen Augen; es sind Halbaffen. Sie können sehr hoch springen.

Eines Tages saß Henri, ein Buschbaby, in seinem Baum. Plötzlich – krach! – brach ein großer Zweig vom Baum und fiel dicht neben ihm herunter. Henri kriegte einen solchen Schreck, daß er hoch in die Luft sprang. Er sprang so hoch, bis er ganz Dahomey unter sich liegen sah! Und immer noch höher flog er, so hoch, bis er ganz Afrika unter sich liegen sah. Und immer höher und höher flog er hinauf, bis er die ganze Erde überblicken konnte!!!

Plopp! landete er auf einer Wolke. Er klammerte sich ganz fest, denn er war bange, in die ungeheure Tiefe hinunterzufallen.

„Ich bringe dich zurück!" sagte eine weiche Stimme; es war die Wolke. „Oh, vielen Dank", sagte das Buschbaby. „Ich zeige dir den Weg." Als sie fast unten waren, begann die Wolke zu regnen. Sie wurde immer kleiner, bis nur noch ein kleiner Rest übrig war, an dem Henri sich festhielt. „Tut mir leid", wisperte sie. „Aber wenn ich der Erde so nahe bin, muß ich regnen!" Schließlich hatten sie Henris Baum erreicht, und er hüpfte auf seinen Ast. Noch ein letzter Regenschauer, dann war die Wolke verschwunden. Henri saß in seinem Baum und weinte große Tränen. Die Wolke hatte ihn gerettet, doch er konnte nichts für sie tun. Seine Freunde kamen und wollten wissen, warum er weinte, und er erzählte ihnen von der hilfsbereiten Wolke. Nun saßen alle Buschbabys da und weinten, ihre Tränen sammelten sich zu einer Pfütze. Die Sonne schien darauf und trocknete sie aus. Da entstand aus der Tränenpfütze wieder eine kleine Wolke, die hoch über den Buschbabys dahinschwebte.

„Schönen Dank für eure Tränen", wisperte sie sanft. Und langsam schwebte sie zum Himmel empor.

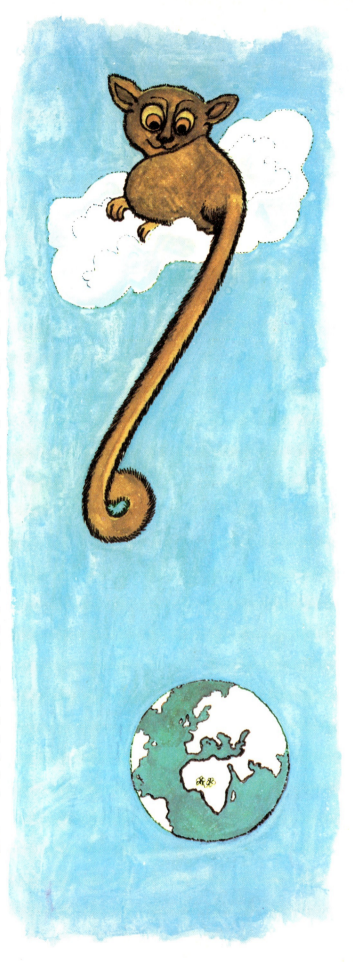

Bentes Radfahrt

Dänemark ist ein sehr flaches Land. Seine Hauptstadt heißt Kopenhagen; sie liegt an der See. Weil es dort so flach ist, kann man sehr gut radfahren. Fast jeder Däne hat ein Fahrrad. Arne lebte in Kopenhagen. Sonnabends und sonntags fuhr er immer auf seinem Rennrad. Es hatte einen niedrigen, gebogenen Lenker und einen schimmernden Rahmen. Wenn Arne auf seinem Rad saß und in die Pedalen trat, sauste es los wie eine Rakete! Er war so stolz auf das Rad, daß er wochentags niemals damit fuhr – er fürchtete, es könnte eine Schramme kriegen.

Nun hatte Arne eine kleine Schwester, die hieß Bente. Jeden Tag bestürmte sie Arne: „Laß mich doch auch mal auf deinem schönen Rad fahren!" Doch der erwiderte immer: „Nein, du bist zu klein! Du fällst herunter und tust dir weh!" Und er verschloß das Rad im Schuppen.

Doch einmal vergaß er, den Schuppen abzuschließen. Bente entdeckte bald, daß die Tür nicht verschlossen war. Sie holte das Fahrrad in den Garten. „Ich falle bestimmt nicht herunter", sagte sie. „Ich will nur einmal durch den Garten fahren!" Und sie dachte: „Wenn ich falle, falle ich auf die Blumenbeete, da kann ich mich nicht stoßen!

Was für ein Glück, daß Bentes Mutter das nicht hörte! Sie war so stolz auf ihren schönen Blumengarten!

Das Fahrrad hörte, was Bente sagte, und dachte: „Dumme Bente, dir will ich es zeigen!" Bente setzte sich auf das Rad und fuhr durch den Garten. „Ha", lachte sie, „das ist ja kinderleicht!" Und das war es auch, denn das Fahrrad fuhr von selber. Als Bente aber absteigen wollte, konnte sie das Rad nicht anhalten. Es fuhr weiter, aus dem Garten auf die Straße und immer weiter, die Straße entlang. Sie wäre abgesprungen, wenn sie gekonnt hätte, aber sie saß auf dem Sattel wie angeklebt.

Das Rad rollte immer weiter, es fuhr die Straße hinunter und wurde immer schneller. Es fuhr geradeswegs auf einen tiefen Kanal zu. Bente schrie, sie versuchte, die Füße von den Pedalen zu nehmen, aber die drehten sich weiter, schneller und schneller. Und der Kanal kam immer näher. An der Kanalkante kam das Fahrrad ganz plötzlich zum Stehen. Bente flog über den Lenker, machte sechs Saltos und landete im Kanal! Arme, dumme, ungezogene Bente! Sie schwamm ans Ufer und stieg an Land, ganz durchnäßt und schmutzig. Sie nahm das Fahrrad und schob es nach Hause. Dann wusch und polierte sie es, brachte es in den Schuppen und faßte es nie wieder an.

Der kluge Pelikan

Der Pelikan Alcatraz lebte in einem Mangrovensumpf, dort, wo die dominikanische Küste die Karibische See berührt. Er und seine Frau hatten ein Nest voller hungriger Pelikankinder. Vater und Mutter Pelikan fingen in der See Fische für ihre Kleinen; sie brachten sie in ihren Schnabelsäcken zum Nest, und die kleinen Pelikane langten mit ihren Schnäbeln hinein und holten sich die Fische heraus.

Eines Tages entdeckte Alcatraz von oben einen schönen, großen Fisch. Er tauchte nach ihm. Platsch, sauste er ins Wasser und ergriff ihn. Dann saß er eine Weile auf den Wellen, hielt den Fisch im Schnabel, ließ das Wasser abtropfen und gab acht, daß er den Fisch nicht fallenließ. Aber er paßte doch nicht genug auf, – eine Seemöwe flog blitzschnell vorbei und stahl ihm den Fisch aus dem Schnabel.

Am nächsten Tag sah Alcatraz, daß die Möwe ihm wieder folgte. „Dir werd ich's zeigen!" dachte er. Er tauchte, holte ein Stück treibendes Holz aus dem Wasser und tat, als hätte er einen Fisch gefangen. Die Möwe kam heruntergeschossen und wollte ihm den Fisch entreißen. Autsch, sie hackte ins harte Holz.

„Ohhh! Das ist Betrug!" schrie die Möwe im Wegfliegen. Und nie mehr hat sie versucht, dem klugen Pelikan Alcatraz etwas zu stehlen.

Der eingebildete Paradiesvogel

Auf der Insel Sumatra in Ostindien lebte ein wunderschöner Paradiesvogel. Einen Teil des Tages verbrachte er damit, Insekten zu fangen. Die übrige Zeit flog er im Wald umher und ließ sich bewundern. Seine Federn waren leuchtend rot, sein Kopf war schwarz. Er hatte lange, hübsche Schwanzfedern. Aber er war auch sehr eingebildet und stolz.

Eines Tages brachte ein kleiner Vogel eine Neuigkeit in den Wald: „Der Inselhäuptling hat sich ein wunderschönes Haus gebaut", verkündete er überall. „Etwas Schöneres hab ich noch nie gesehen!"

„Du blöder Wicht!" schrie der Paradiesvogel wütend. „So etwas Schönes hast du nie gesehen? Und ich? Ist es etwa schöner als ich?"

Der kleine Vogel erschrak, denn der Paradiesvogel war zwanzigmal größer als er. Doch er wollte sich nicht beschimpfen lassen. Deshalb sagte er: „Er ist doppelt so schön wie du, du dummes Geschöpf!"

Dann verkroch er sich schnell in einem kleinen Loch im Baum, wo der Paradiesvogel ihn nicht erreichen konnte.

„Du frecher kleiner Vogel", schimpfte der Paradiesvogel. „Hoffentlich bleibst du dort stecken!"

Ist das nicht schrecklich, so etwas zu sagen? Er war ein richtiger Grobian! „Du eingebildeter Grobian!" schimpften nun alle anderen Vögel. Sie jagten den Paradiesvogel durch den ganzen Wald, immer um das neue Haus des Inselhäuptlings herum, das tatsächlich sehr hübsch war. „Warte, wenn wir dich kriegen!" riefen sie. „Wir reißen dir deine vornehmen Schwanzfedern aus!"

Darüber erschrak der Paradiesvogel so sehr, daß er plötzlich ganz weiß wurde. Tatsächlich! Ganz weiß mit schwarzen Rändern.

Nun waren die Vögel beschämt. Doch auch der Paradiesvogel schämte sich, daß er so eitel gewesen war und grob obendrein. Er errötete vor Scham – und plötzlich war er wieder rot. Nun flog er zu dem kleinen Vogel zurück, der noch in der Baumhöhle saß, und bat ihn um Verzeihung. Sie versöhnten sich und wurden Freunde. Nun ist der Paradiesvogel wieder so schön wie vorher, doch er ist nicht mehr eingebildet. Und nur damit er es nicht wieder vergißt, werden seine Federn einmal in jedem Jahr weiß.

Blasrohre und Seifenblasen

In den tiefen Wäldern von Ecuador in Südamerika leben die Jivaro-Indianer. Sie jagen mit Blasrohren und spitzen Wurfspießen. Eines Tages machte sich ein junger Mann namens Patricio auf, um sie zu besuchen. Seine Freunde warnten ihn. „Die Jivaros mit ihren Wurfspießen sind gefährlich! Geh nicht!" sagten sie.

Aber Patricio lachte. „Sie tun mir nichts, wenn sie sehen, was ich ihnen mitbringe!" sagte er. Und mit einem vollen Korb beladen zog er los. Als er in das Dorf der Jivaro-Indianer kam, schien es wie ausgestorben. Aber Patricio wußte, daß viele Augen ihn beobachteten. Er setzte sich auf den Dorfplatz und holte eine Flasche flüssiger Seife aus seinem Korb. Er tauchte seine Pfeife hinein und machte eine Seifenblase! Da kamen alle Indianer aus ihrem Versteck hervor und bestaunten die schöne, regenbogenbunte Seifenblase. Sie wurde größer und größer, bis sie so groß war wie Patricios Kopf. Und dann – popp! – zerplatzte sie. Die Indianer seufzten enttäuscht. Sofort blies Patricio eine neue Seifenblase, die stieg hoch in die Luft empor. Was für ein Spaß! Bald machten alle Indianer Seifenblasen – mit ihren Blasrohren!

Nun schwebten immer viele buntschillernde Seifenblasen über dem Dorfplatz, man konnte kaum den Himmel sehen.

Patricio wurde ihr Freund. Er gab ihnen alle seine Flaschen mit flüssiger Seife und bekam dafür sehr schöne Federn und selbstgewebte Decken.

ÄGYPTEN

Die Sphynx

Auf ihrer abenteuerlichen Reise um die Welt kamen Fatima und Samsusakir mit ihrem Zauberteppich nach Ägypten. Aus der Luft sieht dieses Land aus, als ob es aus Streifen besteht: Der Hauptstreifen ist der breite, blaue Nil, die beiden Streifen an den Seiten sind grün und voller Häuser, Felder und Obstgärten; dann folgen breite, braune Streifen, so weit man nur sehen kann: das ist die Wüste.

„Nun wollen wir uns die geheimnisvolle Sphynx ansehen", sagte Fatima. „Alle sagen, sie könnte viel erzählen, aber noch niemand hat sie sprechen hören."

Die Sphynx ist eine alte, riesige Steinfigur. Sie entdeckten sie bald in der Wüste. Wie merkwürdig! Sie hat einen Menschenkopf und einen Löwenkörper!

Sie umkreisten die Figur. „Sie sieht aus, als wenn sie sprechen wollte", sagte Samsusakir. „Ich bin gespannt, was sie sagt!"

Plötzlich, mit Knarren und Rumpeln, bewegte die Sphynx ihren Kopf. Sie hob eine große Pfote und schlug damit nach dem Teppich.

„Verschwinde, lästige Fliege! Hör auf, um meine Ohren zu summen!" knurrte sie mit furchterregender Stimme.

Der Zauberteppich schoß davon, nur fort aus ihrer Reichweite! Fatima und Samsusakir klammerten sich erschreckt aneinander. Sie flogen schnell fort, und die Sphynx haben sie nie wieder besucht.

Der Erdbeer-Graf

Vor vielen hundert Jahren war England in viele kleine Grafschaften eingeteilt. Eine von ihnen wurde von einem schrecklichen Grafen regiert. Der Graf liebte niemanden. Er liebte überhaupt nichts – nur Erdbeermarmelade. Tag für Tag aß er Erdbeermarmelade und leerte ein Glas nach dem andern. Er hörte mit dem Erdbeerenessen nur auf, wenn er seine Burg verließ, um zu sehen, wie die Erdbeeren gediehen. Kilometerweit im Umkreis durfte kein Bauer irgend etwas anderes als Erdbeeren pflanzen. Wehe dem armen Bauern, der es wagte, Getreide oder Bohnen zu pflanzen!

Der Graf ritt auf seinen weißen Pferden durch seine Grafschaft. Und wenn ich *Pferde* sage, so meine ich *vier* weiße Pferde. Er war zu groß und zu dick für ein einziges Pferd. Er hatte sich einen extragroßen Sattel machen lassen, den vier Pferde trugen. Schrecklich sah das aus, wenn er so auf vier Pferden angeritten kam, und seine erdbeerpflanzenden Untertanen

erschraken jedesmal, wenn sie ihn sahen. Sie mußten schwer arbeiten, damit er immer genug Erdbeeren hatte. Unzählige Karren voller Erdbeeren schafften sie in die Burg. Und aus all den Erdbeeren wurde Marmelade gekocht. Die Speisekammer des Grafen mußte immer bis an die Decke mit Erdbeergläsern gefüllt sein. In einem harten Winter hungerten die Bauern sehr. Sie hatten nie viel zu essen gehabt, aber in diesem Winter hatten sie überhaupt nichts.

Sie gingen zur Burg und baten den Grafen: „Gib uns etwas Erdbeermarmelade!" Der Graf nahm den Marmeladenlöffel aus dem Mund. „Nein, ihr frechen Bauern!" brüllte er. Er stand auf und jagte sie hinaus. Rums! Der Graf war so dick geworden, daß er in der Tür stecken blieb. „Grrrr", knurrte er und spannte seine gewaltigen Muskeln an. Er konnte weder vorwärts noch rückwärts, er war wirklich und wahrhaftig eingeklemmt.

Die Bauern, die das sahen, mußten lachen. Sie johlten und machten ihm Fratzen. Dann gingen sie in die Vorratskammern und aßen sich an der Marmelade satt.

Als der große, dumme, schreckliche Graf das sah, brach er zusammen, weinte und bat: „Eßt nicht alle meine Marmelade auf! Bitte! Laßt mir doch ein bißchen übrig!"

Noch nie in seinem ganzen Leben hatte der Graf bitte gesagt. Und es wirkte gleich beim erstenmal. Die gutherzigen Bauern hatten Mitleid mit dem schluchzenden Grafen. Sie stießen und zogen ihn in seinen Saal zurück, trockneten seine Tränen und gaben ihm Marmelade.

Von diesem Tage an war der Graf wie verwandelt; er hatte gelernt, bitte zu sagen. Er wurde gut und freundlich. Er wurde auch dünner, und zugleich war er viel fröhlicher. Und von seiner Erdbeermarmelade gab er allen etwas ab.

ÄTHIOPIEN

Die verzauberten Prinzessinnen

Es war einmal ein schöner junger Mann in Äthiopien, sein Name war Abeda. Er nahm sein Gewehr und ging auf die Jagd. Er wollte Lamagazellen fangen, die man dort Dibatag nennt. Gesehen hatte er noch keine, aber er hatte gehört, sie seien wunderschön.

Nach langem Suchen fand er fünf Dibatags, die friedlich grasten. Er hob sein Gewehr und wollte schießen, ließ es aber wieder sinken und betrachtete die Gazellen: Er konnte sie nicht töten – sie waren zu schön!

Er war ganz bezaubert von ihrer Schönheit. Sie hatten hübsche, glatte Körper, schlanke, zierliche Beine und lange, graziöse Hälse. Ihre Gesichter waren lieb und ausdrucksvoll, und beim Anblick ihrer großen, sanften Augen schmolz sein Herz.

Wie sie sich ruhig und gelassen bewegten, erinnerten sie Abeda an Blumen und sanfte Melodien.

„Oh, ihr lieben äthiopischen Schönen", flüsterte Abeda, voll von Liebe und Bewunderung. Die Gazellen hörten ihn, aber sie liefen nicht fort. Sie näherten sich Abeda und umringten ihn. Sie stießen ihn sanft mit der Nase an, und es sah aus, als wenn sie mit den Augen lächelten.

Plötzlich krachte es im Gebüsch, und ein großer, männlicher Dibatag trat heraus. Er sah sehr gefährlich aus, und er richtete seine spitzen Hörner direkt auf Abeda.

Zum Weglaufen blieb keine Zeit mehr. Um sich zu retten, hob Abeda sein Gewehr und schoß. Peng! Peng! Er schoß dem Dibatag die Hörner ab. Im gleichen Augenblick verwandelte sich der Dibatag in einen bösen Dämon. Wütend starrte er Abeda an, hielt sich den schmerzenden Kopf, und plötzlich löste er sich in Rauch auf. Und seht, welche Überraschung! Fünf wunderschöne äthiopische Mädchen umringten Abeda. Sie streichelten seine Schultern und sagten: „Du bist der Held, der den Zauber des bösen Dämons gebrochen hat. Er hat uns entführt und in Dibatags verwandelt." Und sie küßten seine Wangen.

Ja, so war es, die Dibatags waren verzauberte Prinzessinnen gewesen! Kein Wunder, daß Abeda sich auf den ersten Blick in sie verliebte. Die Prinzessinnen nahmen ihn mit in den Palast, wo ihre Eltern um die verschwundenen Töchter trauerten. Gab das ein Wiedersehen! Sie waren so glücklich und dankbar, daß sie Abeda zum Prinzen machten.

Ein wundervolles Fest wurde gefeiert. Die Prinzessinnen luden all ihre Freundinnen ein, und Abeda lud seine Freunde ein und dazu seine vier hübschen Brüder. Die verliebten sich gleich in die schönen Prinzessinnen. Jeder heiratete eine Prinzessin, Abeda aber bekam die schönste! Und nun leben sie fröhlich in ihrem Palast in Äthiopien.

Lisas Rentier

In Finnland, dem Land der tausend Seen, schneit es im Winter sehr viel. Im Norden des Landes leben die Lappen – die Leute mit den Rentieren. Die Rentiere sind ihre Kühe, denn sie geben ihnen Milch. Sie sind auch ihre Pferde, denn sie ziehen ihre Schlitten. Rentiere sind ihr Reichtum, denn ein reicher Lappe ist ein Mann, der viele Rentiere besitzt.

Lisas Vater war reich – er hatte Hunderte von Rentieren. Das beste Rentier hieß Sulo. Sulo war sehr groß, er hatte das größte Geweih, das man sich vorstellen kann. Und er hatte große, freundliche Augen.

Als Lisa groß genug war, daß sie allein fahren konnte, bekam sie von ihrem Vater einen hübschen kleinen Schlitten. Etwas Schöneres kann man sich nicht vorstellen! Und dazu bekam Lisa den großen Sulo, der ihren Schlitten zog. Von nun an waren Lisa und Sulo unzertrennlich.

Im Winter ist Lappland ganz mit Schnee bedeckt. Schnee liegt auf der Erde, auf den Bäumen und auf den zugefrorenen Seen. Im Winter kommt die Sonne überhaupt nicht mehr nach Lappland. Dann ist es wochenlang Nacht, es gibt gar keinen hellen Tag mehr zwischen den Nächten.

Um diese Zeit fuhr Lisa einmal mit ihren Eltern zum Fischen. Ihr Vater und ihre Mutter fuhren in einem großen Schlitten, den vier Rentiere zogen. Lisa saß in ihrem eigenen kleinen Schlitten, den Sulo zog. Sie fuhren mitten auf einen großen See, der ganz zugefroren war. Lisas Vater schlug einige Löcher ins Eis, um an das Wasser heranzukommen. Lisa hatte ihr eigenes Fischloch zum Angeln, und sie hatte auch eine eigene Angelschnur und einen eigenen Stuhl. Sie war in ein Fell eingewickelt, damit sie nicht fror. Und tatsächlich – sie fing drei Fische! „Den größten davon darfst du essen, wenn wir heimkommen", versprach ihre Mutter. Sie bestiegen ihre Schlitten und fuhren über den See zurück.

Plötzlich kam ein Sturm auf. Schnee wirbelte durch die Luft, und es hörte nicht auf zu schneien. Es war so dunkel, daß Lisa ihre Eltern in dem anderen Schlitten nicht mehr sehen konnte. Sie war ängstlich und rief nach ihnen, so laut sie konnte, bekam aber keine Antwort. Sulo lief vorwärts durch den weißen Schnee. Lisa wußte nicht mehr, wo sie war. „Ich bin verloren! Ich bin verloren!" jammerte sie.

Als Sulo anhielt, war auch ihr Vater da und hob sie vom Schlitten. Sie war zu Hause!

„Ich dachte, wir hätten uns verlaufen!" weinte sie. „Sulo verläuft sich nicht!" sagte ihr Vater. „Er findet immer den Weg zurück. Deswegen habe ich ihn ja für dich bestimmt, damit er auf dich aufpaßt!"

Lisa hörte auf zu weinen. Sie umarmte Vater und Mutter, und auch Sulo wurde umarmt. Dann gingen sie ins Haus und kochten den Fisch. Und Lisa war so hungrig, daß sie zwei von ihren Fischen aß.

Der Eiffelturm

Der Kater Peter lebte auf einem Lastkahn auf der Seine, die mitten durch Paris fließt. Eines Tages hielt der Kahn an, ganz nah am Eiffelturm. Peter legte seinen Kopf in den Nacken und schaute hinauf. Weit, weit oben, fast an der Spitze des Turms, sah er Menschen stehen. Von dort, so hatte ihm jemand erzählt, könne man ganz Paris sehen! Er winkte den Leuten da oben mit seinem Schwanz zu, doch niemand winkte zurück. Er legte seinen Kopf noch weiter zurück, weil er die Spitze des Turms sehen wollte. Da oben flatterte etwas Weißes. Peter guckte sich fast die Augen aus, aber er konnte nicht erkennen, was es war. Er wurde so neugierig, daß er den Kahn verließ, zum Eiffelturm hinübersprang und auf den Turm kletterte. Die Stufen nahmen kein Ende, niemals hätte er gedacht, daß es soviel Stufen auf der Welt gibt. Es kam ihm vor, als ob er stundenlang klettern müßte. Als er dort angekommen war, wo die Menschen standen, mußte er erst einmal verschnaufen. Dann guckte er zur Erde hinunter. „Jiauu!" schrie er überrascht. Wie hoch war er über der Erde! Die Seine sah ganz schmal aus, und sein Kahn war so klein, daß er ihn kaum entdecken konnte.

Eine Zeitlang saß er überwältigt da und guckte nach unten. Dann fiel ihm das flatternde, weiße Ding ein, das er an der Turmspitze gesehen hatte. Es ließ ihm keine Ruhe, er mußte herauskriegen, was es war! Er stieg also noch höher hinauf. Plötzlich flatterte das weiße Ding rund um ihn herum, genau über seinem Kopf. Es war eine Taube, die oben auf dem Turm gelandet war. Peter war sehr überrascht, hier oben eine Taube zu treffen. Tauben hatte er unten auf der Erde schon oft gesehen, und er hatte sie immer gejagt. Das wollte er jetzt auch tun! Schon sprang er nach ihr, aber – o Schreck! – er landete nicht wieder auf seinen Füßen, sondern er fiel – und fiel – und fiel immer tiefer: Er war von der höchsten Spitze des Eiffelturms gesprungen. Armer Kater!

Schon meinte er, sein Ende sei gekommen, da sausten ein Dutzend Tauben heran. Sie fingen ihn auf, hielten ihn an seinem Nackenfell, an seinen Beinen und sogar am Schwanz fest. Dann setzten sie ihn sanft auf die Erde.

Peter bedankte sich sehr herzlich bei ihnen und rannte dann, so schnell er konnte, zu seinem Kahn.

Niemals wieder ist er auf den Eiffelturm geklettert. Und niemals wieder hat er Tauben gejagt!

Im Schwarzwald

Kennt ihr den Schwarzwald? Er ist ein einziger großer Wald aus dunkelgrünen Tannen.

Hans lebte dort in einem kleinen Dorf, das von dichtem Wald umgeben war. Die Dorfleute glaubten, daß in diesem Wald teuflische Geister und boshafte Hexen wohnten.

„Am Tage tun sie dir nichts", sagten sie. „Aber trau dich nicht des Nachts in den Wald!"

Hans lachte über solche Geschichten. „Wenn es im Schwarzwald seltsame Wesen gibt, dann sind es gute Feen!" sagte er.

So nahm er eines Abends seine Laterne und machte sich auf in den Wald. Seine Freunde baten ihn, nicht zu gehen. Aber Hans lachte nur. Er verabschiedete sich und zog los. Er strolchte durch den Wald und pfiff vor sich hin. Nach einiger Zeit kam er durch einen Nebelstreifen. „Dieser Nebel riecht aber übel!" dachte Hans. Er setzte sich ins Moos, lehnte sich gegen einen Felsen, und bald war er eingeschlafen.

Eine große, graue Hand reckte sich aus dem Dunkeln, löschte das Licht in seiner Laterne und streckte sich dann nach Hans aus!

Husch! – eine gute Fee, ein helles Licht in der Hand, erschien zwischen Hans und der grauen Hand. Die zog sich ins Dunkel zurück. „Diesen Burschen bekommst du nicht – der glaubt an mich!" sagte die gute Fee. Sie hatte gehört, was Hans am Tag zuvor im Dorf gesagt hatte.

Aus der Dunkelheit ertönte ein böses Knurren, dann war alles wieder still.

Die gute Fee berührte die Laterne mit ihrem Zauberstab, da leuchtete sie wieder. Sie blies den stinkenden Nebel fort. Dann verbarg sie sich – Hans sollte sie nicht sehen.

Kurz darauf erwachte Hans, nahm seine Laterne und wanderte fröhlich pfeifend nach Haus. Niemals erfuhr er, was geschehen war, während er schlief. Und er glaubt immer noch nicht, daß es im Schwarzwald böse Geister gibt.

GHANA

Der sprechende Kakaobaum

John lebte auf einer Kakaopflanzung in Ghana. Er sorgte dafür, daß die Bäume gediehen, und das tat er gern, denn er freute sich auf die wunderbare Schokolade, die aus Kakaobohnen gemacht wird. Schokolade aß John gar zu gern. Eines Tages bemerkte er, daß einer der Bäume traurig aussah. Er ließ alle seine Blätter hängen. John betrachtete nachdenklich den Kakaobaum. „Ich möchte wissen, was dir fehlt!" sagte er. Er sprach mit sich selber und dachte natürlich nicht, daß der Baum antworten könnte. Aber zu Johns großer Überraschung gab ihm der Baum Antwort! Er sagte: „Der Boden unter mir ist voller Steine. Ich bin sehr durstig, denn wegen der Steine kann ich nicht genug Wasser trinken!"

Das tat John leid. Er holte einen Eimer Wasser und begoß den Baum. Die Baumwurzeln sogen soviel Wasser auf, wie sie konnten. „Das hilft

schon ein bißchen", sagte der Baum. „Aber das meiste Wasser versickert, und meine Wurzeln bekommen nichts davon! Die Steine können es nicht festhalten, wie gute weiche Erde." John holte einen Spaten und sagte: „Sag mir, wo die Steine sind, ich will sie ausgraben." Der Baum sagte ihm, wo er graben mußte. John grub sehr vorsichtig, er durfte die Baumwurzeln nicht verletzen. Bald fand er die Steine. Sie sahen gelb aus und waren sehr schwer. Er holte sie heraus und füllte die Löcher mit guter, lockerer Erde. Dann gab er dem Baum viel Wasser. Der Baum trank das Wasser, seine Blätter hoben sich und sahen gleich wieder frisch aus.

„Deine Hilfsbereitschaft hat dich reich gemacht!" sagte der Baum. „Diese Steine sind aus Gold!" John betrachtete die schweren, gelben Steine genauer. Wahrhaftig – der Baum hatte recht. Er sammelte die gelben Brocken auf, brachte sie in die Stadt und verkaufte sie für viel Geld. Und was meint ihr, wofür er das Geld ausgegeben hat? Er kaufte sich unzählige Tafeln Schokolade!

Die Göttin aus dem Meer

Constantin war ein griechischer Fischer, er segelte auf dem Ägäischen Meer. Als er eines Tages fischte, verfing sich sein Netz auf dem Meeresgrund.

Er zog, so kräftig er konnte, doch sein Netz saß fest. Da tauchte er hinunter; er wollte sehen, woran das Netz sich verhakt hatte. Verwundert sah er, daß es sich an der Hand einer schönen Marmorfigur verfangen hatte. Sie schien ihn um Hilfe zu bitten.

„Armes Ding", dachte Constantin. „Ich möchte wissen, wie du hierhergekommen bist!" Er schwamm zu seinem Boot zurück und holte ein Seil, schlang es um die Statue und zog sie an Bord. Er nahm sie mit nach Hause, in das Fischerdorf an der Küste, in dem er wohnte. Sie sah ziemlich traurig aus, der schöne Körper war schmutzig von Algen und Seegras. Constantin reinigte sie und rieb sie ab, bis der weiße Marmor glänzte. Dann stellte er sie in seinen Garten in den Sonnenschein. Jeden Tag betrachtete er sie, und sie schien immer fröhlicher zu werden. „Ich glaube, die Sonne hat ihr gefehlt!" sagte Constantin.

Doch allmählich schien ihr Lächeln zu vergehen. Constantin fragte sich, ob ihr die heiße Sonne lästig wurde. Schließlich hatte sie viele Jahre im Wasser verbracht. Vielleicht vermißte sie das Wasser und das Leben auf dem Meeresgrund. Eines Tages kam ein Gelehrter vorbei und sah die Marmorstatue in Constantins Garten. Von ihm erfuhr der junge Fischer, wer die liebliche Gestalt war: Es war ein Bildnis der griechischen Göttin Aphrodite, der Schaumgeborenen. Sie galt als Göttin der Schönheit und der Liebe, lebte auf dem Lande, war aber im Meer geboren. „Gewiß vermißt sie das Meer", sagte Constantin. Er hätte das Marmorbildnis gern behalten, dessen Schönheit ihn entzückte – aber noch mehr wünschte er, daß die liebliche Figur froh aussah.

Dann kam ihm eine Idee: Er brachte die Göttin in eine kleine Bucht und stellte sie dort am Strand auf, ganz nah am Wasser. Wenn das Meer anstieg, spielten die Wellen um ihre Füße, die Fische schwammen um sie herum, Algen umwanden ihre Knöchel. Und doch stand sie im Sonnenschein, und Vögel und Schmetterlinge umflatterten sie.

Nun blieb das Lächeln auf dem schönen Antlitz der marmornen Göttin. Und auch Constantin war froh und zufrieden.

Das Fußballspiel

Die Eskimos in Grönland blieben den ganzen langen Winter hindurch in ihren Iglus. Wenn der Frühling kam, packten sie ihre Schlitten, spannten ihre Hunde an und machten sich auf zum Sund. Dort bauten sie dann viele neue Iglus, und die Eskimofamilien, die miteinander verwandt waren, bauten ihre Iglus nebeneinander. So entstanden immer mehrere Igludörfer. Den ganzen Sommer gingen sie auf Walroßjagd, und sonntags spielten sie Fußball.

Das Eskimofußballspiel ist aber anders als unseres. Ein Dorf spielt gegen das andere, und alle spielen mit – Männer, Kinder und sogar die Frauen mit ihren Babys auf dem Rücken! Das Spiel beginnt in der Mitte zwischen zwei Dörfern. Jeder stürzt sich auf den Ball und versucht, ihn in das Dorf des Gegners zu treiben. Sie spielen den ganzen Tag. Sie spielen, bis sie vor Müdigkeit umfallen.

Abgesehen von den Babys, war Patloq der kleinste der Mitspieler. Auch diesmal spielte er, solange er konnte, dann setzte er sich in den Schnee und ruhte sich aus. Plötzlich sah er, daß die Spieler aus seinem Dorf aufgaben. Sie waren so müde, daß sie über ihre eigenen Füße stolperten. Da sprang Patloq auf, ergriff den Ball und rannte damit los, so schnell er konnte. Doch er kam nicht weit – ein Mann aus dem anderen Dorf hob ihn mitsamt dem Ball auf und lief auf Patloqs Dorf zu!

„Hilfe! Hilfe!" schrie Patloq, aber niemand kam, seine Leute waren alle zu müde. Sie kamen Patloqs Dorf immer näher, da geschah plötzlich etwas Wunderbares: Ein großes, herrlich buntes Ding schoß vom Himmel herunter, und Patloq wurde – natürlich mit dem Ball – aus den Armen des Mannes gerissen. Sie wurden zum gegnerischen Dorf getragen und dort auf die Erde gesetzt. Patloq hatte das Spiel gewonnen!

Schon war das farbenprächtige Ding davongeflogen. Patloq hatte noch nie von einem fliegenden Zauberteppich gehört, deshalb begriff er nie, was mit ihm geschehen war.

Aber wir wissen Bescheid, nicht wahr?

Miguels Kaffee

Das kleine Land Guatemala liegt in Mittelamerika. Es ist sehr gebirgig und hat viele Vulkane. Aber in den fruchtbaren Tälern wohnen viele Menschen.

Miguel arbeitete auf einer Kaffee-Plantage nahe am Tajumulco, dem gefährlichsten Vulkan Guatemalas.

Er freute sich über jede gute Kaffee-Ernte, denn er trank sehr gern Kaffee. Er trank soviel Kaffee, daß seine Freunde darüber lachten.

Doch Miguel sagte: „Meine Frau kocht den besten Kaffee der Welt! Und der Kaffee, den sie kocht, löscht bestimmt jeden Durst."

In diesem Augenblick begann der Vulkan Tajumulco zu grollen. Alle waren sehr erschrocken: Wenn er ausbrach, würde es glühende Asche regnen!

Einer sagte: „Schade, Miguel, daß du nicht einen großen Topf Kaffee für den alten Tajumulco hast – vielleicht könntest du damit auch seinen Durst löschen!"

„Das ist eine gute Idee!" sagte Miguel. Er ließ seine Frau einen ganzen Eimer voll Kaffee kochen und stieg damit auf den Gipfel des Berges.

Dort rief er: „Hallo, alter Feuerspeier, du mußt doch sehr durstig sein! Dein Atem ist so heiß, und dein Schlund ist feuerrot! Willst du ein bißchen Kaffee?"

Blubb! machte der alte Tajumulco. Miguel leerte den Kaffee in den Schlot. Der Tajumulco schluckte, und dann wurde er plötzlich ganz still. Er hörte auf zu rauchen. Der Kaffee hatte seinen Durst gelöscht!

Miguel stieg den Berg hinab. Alle seine Freunde kamen angelaufen und sagten, er sei doch ein kluger Kerl. Und dann feierten sie ein Fest: Sie aßen Mokkatorte, Mokkaschokolade und Mokka-Eis. Und womit spülten sie das alles hinunter? Natürlich mit Kaffee!

GUINEA

Warum Leoparden gefleckt sind

Vor vielen, vielen Jahren lebte in Guinea in Westafrika der kleine Keita. Jeden Tag suchte er am Flußufer nach hübschen Kieselsteinen und sammelte sie in seinem ledernen Beutel. Einmal fand er viele schwarzbraune Kiesel, wunderschön blank und glatt. Er füllte seinen Beutel damit. Auf dem Heimweg durch den Wald begegnete ihm ein grimmiger Leopard. In jenen Zeiten – ob du es glaubst oder nicht! – hatten die Leoparden alle ein fleckenloses, goldgelbes Fell.

Der grimmige Leopard brüllte: „Harrr! Da kommt mein Frühstück! Der Junge wird mir schmecken!"

Keita hatte keine Lust, sich von dem Leoparden fressen zu lassen. Er warf ihm seinen Lederbeutel mit den vielen braunen Steinen in den Rachen.

„Happ!" machte der Leopard und verschluckte den Beutel mitsamt den Kieseln. Er wollte Keita fangen. Aber die Steine in seinem Bauch waren so schwer, daß er nicht schnell genug laufen konnte.

Nach einer Weile sah der Leopard etwas sehr Merkwürdiges: Sein Fell hatte viele hübsche braune Flecken bekommen! Das mußten die Kieselsteine sein, die von innen ihren Glanz auf sein Fell warfen.

Er war von seinem Aussehen so begeistert, daß er zu seinen Leopardenfreunden lief und ihnen seine Flecken zeigte. Und sie fanden ihn so hübsch, daß sie alle nach braunen Kieseln suchten und sie verschluckten.

Und darum haben nun alle Leoparden ein geflecktes Fell.

Der Riesenotter

Guayana ist ein heißes Land in Südamerika. Es hat riesengroße Wälder, Flüsse und Berge. Und man findet dort Gold und Diamanten!

Juan arbeitete an der Küste auf einer Zuckerplantage. Eines Tages sagte er sich: „Die Reichen sind doch zu beneiden. Solange ich hier Zuckerrohr schneide, bleibe ich ein Habenichts. Ich möchte auch reich werden."

Juan verließ die Pflanzung und wanderte von der Küste landeinwärts. Im Tal des Mazaruniflusses wollte er nach Diamanten suchen.

Es war ein langer, beschwerlicher Weg. Als Juan endlich im Mazarunital ankam, machte er sich ein Feuer und bereitete sich eine Fleischbrühe. Weil sie noch zu heiß war, ließ er den Becher mit der Brühe zum Abkühlen stehen, sah sich ein bißchen um und hielt Ausschau nach Diamanten. Er kam zurück und wollte seine Fleischbrühe trinken. Der Becher war leer!

„Wer hat meine Fleischbrühe getrunken?" rief er. „Ich war es", sagte eine Stimme. Und aus den Büschen kam ein Riesenotter. Er hatte kurze Beine und einen langen Körper, von der Nasenspitze bis zur Schwanzspitze zwei Meter lang. Er hatte ein feines, seidiges Fell und ein freundliches Lächeln im Gesicht.

„Ich konnte nicht widerstehen, deine Brühe roch so lecker", sagte der Otter. „Sei mir nicht böse." Juan lachte. „Hoffentlich hat sie dir geschmeckt!"

„Du bist sehr nett", sagte der Otter. „Kann ich dir irgendwie behilflich sein, als Dank für die Brühe?"

Wieder lachte Juan. „Ich glaube nicht. Oder kannst du mir zeigen, wo ich Diamanten finde?" „Ja, das kann ich!" erwiderte der Otter. „Ich weiß, wo viele Diamanten sind. Aber was soll ein Otter mit Diamanten anfangen?"

„Machen wir ein Tauschgeschäft!" rief Juan, „Fleischbrühe gegen Diamanten!"

„Einverstanden!" sagte der Otter, und er führte Juan an eine Stelle, wo der Boden mit Diamanten gespickt war. Juan sammelte sie auf und füllte einen großen Beutel mit Diamanten.

Dann bekam der Otter viele Liter Fleischbrühe zu trinken, und er trank, bis kein einziger Tropfen mehr in ihn hineinging. Er lag auf dem Rücken, hielt sich den vollen Bauch und lächelte glücklich.

Juan ist heute der reichste Mann von Guayana. Er wohnt in einem Schloß und trägt seidene Socken und braucht nicht mehr zu arbeiten. Und der Otter? Blieb er allein im Wald zurück. ohne Fleischbrühe? O nein! Er wohnt bei Juan im Schloß und kann Fleischbrühe trinken, soviel er nur will.

Wie man einen Riesen loswird

Haiti ist ein schönes Land in der Karibischen See. Einmal ging es den Bewohnern Haitis sehr schlecht. Ein gewaltiger Riese wohnte im Gebirge, und immer, wenn er hungrig war, kam er herab und nahm sich alles Eßbare, was ihm vor die Augen kam. Und wenn er dann immer noch hungrig war, riß er die Dächer von den Häusern und stahl auch noch das Essen vom Tisch. War er satt, stieg er wieder in die Berge, ein paar Bananenbäume als Wegzehrung auf der Schulter.

Natürlich haßten die Haitianer den Riesen wie die Pest! Sie hatten keine Lust mehr, ihre Äcker zu bestellen, nur um den Riesenbauch zu füttern. Sie hatten keine Lust mehr, jede Woche ihre Häuser neu zu decken. Aber sie hatten Angst vor dem Riesen, denn er war zehnmal so groß wie der größte Haitianer. Darum wollten sie ihn überlisten.

Als er wiederkam, standen sie alle da und lachten. „Du meinst, du bist ein Riese? Du kannst wohl ein paar Bäume ausreißen, aber mit einem Hurrikan kannst du dich bestimmt nicht messen!"

Das ärgerte den Riesen sehr. Kaum konnte er den nächsten Sturm erwarten. Als der Hurrikan kam, rannte er ans Ufer, wo sich die gewaltigen Wellen brachen. Der Sturm riß die Bäume dutzendweise um. Die Wellen stürzten sich auf den Riesen und schlugen über seinem Kopf zusammen – er hielt stand. Der Sturm riß ihm fast die Ohren vom Kopf – er bewegte sich nicht. Die Haitianer waren enttäuscht. Sie hatten gehofft, der Hurrikan würde den Riesen ins Meer werfen. „Wir werden ihn nie wieder los!" jammerten sie.

Nun gab es einen klugen Jungen, Pierre, der hatte beobachtet, daß der Riese niemals lachte. Er riß einem schlafenden Papagei eine Schwanzfeder aus und folgte dem Riesen, als der wieder ins Gebirge zurückging. Satt und müde, legte sich der Riese hin und schlief ein. Da schlich sich Pierre an ihn heran und kitzelte ihn mit der Feder an den Fußsohlen.

Nun muß man wissen, daß der Riese wirklich noch nie gelacht hatte. Alles Gelächter, das sonst im Leben eines Menschen nach und nach in kleinen Stücken herauskommt, war noch im Riesen drin, und weil er ein Riese war, war es auch ein Riesengelächter. Als Pierre ihn unterm Fuß kitzelte, schwoll das Gelächter im Riesen an und wollte auf einmal heraus. Aber das ging nicht, dazu war es viel zu viel. So kam es, daß der Riese, weil er so lachen mußte, mit einem gewaltigen Knall zerplatzte. Wumm! machte es, und vom Riesen blieb nichts übrig.

Umberto der Maulesel

Auf einer Bananenpflanzung in Honduras, in Mittelamerika, lebte ein Maulesel, der hieß Umberto. Auf der Pflanzung lud man ihm immer zwei große, schwere Bananenstauden auf den Rücken, die mußte er in die Stadt zum Händler bringen. Und auf dem Rückweg mußte er den großen, dicken, faulen Mulitreiber tragen.

Umberto hatte wenig Lust, die schweren Bananenstauden zu tragen. Und noch weniger mochte er den Faulpelz von Mulitreiber tragen. Das einzige, was er mochte, waren Bananen, die aß er für sein Leben gern!

Wenn der Mulitreiber unterwegs müde wurde, legte er sich unter einen Baum und schlief. Umberto hatte nichts dagegen – jetzt konnte er Bananen essen! Er drehte den Kopf nach hinten und schnappte sich eine Banane, ließ sie auf die Erde fallen, hielt sie an einem Ende mit dem Huf fest, pellte die Schale mit den Zähnen ab und tat sich gütlich. Meistens aß er nur drei oder vier Bananen, bevor der Mulitreiber wieder aufwachte. Darum wußte der Mann gar nicht, was für ein schlauer Bananenesser Umberto war. Eines Tages aber schlief er Stunde um Stunde. Umberto aß siebenundsiebzig Bananen!

Als der Treiber erwachte, erblickte er einen Haufen leerer Bananenschalen und einen vollgegessenen, zufriedenen Muli. „Heh, was hast du gemacht?" kreischte er. „Jetzt kriege ich großen Ärger mit meinem Chef!" Er nahm einen Stock und verprügelte Umberto.

Der arme Umberto fiel um – plumps! und zerquetschte die eine Bananenstaude zu Mus. „Ai! Ai! Was hast du jetzt gemacht!" schrie der Treiber und wollte Umberto abermals prügeln. Umberto sprang auf und wollte weglaufen. Er rutschte auf den zerquetschten Bananen aus und – plumps! fiel er auf die andere Staude.

„Ai, ai, ai!" heulte der Mulitreiber. Aber Umberto mochte nichts mehr hören, er rappelte sich hoch und rannte weg. Er lief und lief bis er die Stadt San Pedro Sula erreichte. Hier trottete er durch die Straßen und sah sich alles an, bis er hungrig wurde. Er entdeckte, daß am Gurt auf seinem Rücken noch eine Banane hing. Er holte sich die Banane, schälte sie und aß sie.

„Nein, ist das ein kluger Muli!" sagte eine Stimme. Umberto blickte auf. Dutzende von Kindern umringten ihn. Sie fanden es großartig, wie Umberto mit den Bananen umging. „Mach das Kunststück noch einmal!" riefen sie und gaben ihm noch mehr Bananen.

Umberto blieb in San Pedro Sula und wurde ein sehr glücklicher Maulesel. Er hat dort viele Freunde, und alle geben ihm soviel Bananen, wie er haben will, und sagen dazu: „Was bist du doch für ein kluger Maulesel!"

HONGKONG

Die kleine Dschunke

Das kleine Inselland Hongkong liegt vor der Küste Chinas. Es hat einen großen Hafen, und Schiffe aus vielen Ländern besuchen ihn.

Auch eine kleine Dschunke gehörte zum Hafen. Sie hieß „Mondstrahl" und war ein hübsches kleines Schiff. Ihre Segel hatten die Farbe des Mondlichts, ihr Deck war weiß wie Schnee, und von außen war ihr Rumpf leuchtend rot. Sie gehörte Lee Kwan.

Mondstrahl beförderte die Fracht von den großen Schiffen an Land. Die großen Schiffe unterhielten sich manchmal mit ihr. Sie erzählten ihr Geschichten von der weiten See, von fremden Ländern und Städten.

Mondstrahl wünschte sich sehr, sie könnte all das Wunderbare einmal sehen. Aber die großen Schiffe sagten: „Du bist zu klein!"

Sie bat Lee Kwan, einmal mit ihr um die Welt zu segeln. Aber Lee Kwan sagte: „Du bist zu klein, und das Meer ist zu groß."

Doch eines Abends, als Lee Kwan fortgegangen war, zerriß sie das Seil, mit dem sie vertäut war, und segelte ganz allein los. „Ich will die Welt sehen", sang sie und glitt auf die See hinaus.

Doch als sie auf hoher See war – du liebe Zeit! das gefiel ihr gar nicht! Hohe Wellen stürzten sich über sie, und ein heftiger Wind zerrte wütend an ihren Segeln. „Hilfe! Hilfe!" rief sie. „Ich gehe unter!"

Eben kam einer der großen Dampfer vorbei. Ein Matrose sah Mondstrahl, warf ein Seil, und die Schlinge fiel über den Haken am Bug. Das große Schiff zog die Dschunke zurück nach Hongkong.

Wie war die kleine Dschunke froh, als sie wieder im sicheren Hafen war. Lee Kwan schöpfte das Wasser aus ihrem Rumpf, schrubbte ihr fleckig gewordenes Deck und flickte ihre zerrissenen Segel.

Nun war Mondstrahl wieder so hübsch wie zuvor. Aber fort in die weite Welt – das wollte sie nicht mehr.

Saure Trauben

In Ungarn lebte ein Bauer, der hatte einen Weingarten. Seine Reben gediehen kräftig, mit üppigem Laub, und sie waren schwer beladen mit vielen riesengroßen Trauben. Die Weintrauben sahen herrlich aus, aber es waren die sauersten Trauben der Welt. Kein Mensch konnte sie essen. Wer nur eine einzige Beere probierte, spuckte sie mit Geschrei wieder aus – so sauer war sie.

„Die Reben taugen nichts", sagte der Bauer, holte eine Axt und wollte sie abhauen.

„Halt!" rief ein Vogel, der oben auf einem Weinstock saß. „Die Weinstöcke haben keine Schuld, daß ihre Trauben sauer sind. Es ist deine Schuld!"

„Wieso das?" fragte der Bauer.

„Sieh dich doch um", sagte der Vogel. „Wenn man das sieht, muß man dabei nicht sauer werden?"

Der Bauer blickte sich um. Er sah sein kleines Haus: Die Wände waren schmutzig, und das Dach hatte Löcher. Er sah seine drei kleinen Töchter, die weinend im schmutzigen Hof saßen, mit Löchern in den Kleidern und zerzausten Haaren. Er sah seine Frau, die ärgerlich mit der Katze schimpfte, und die Katze jagte die Mäuse, und die Mäuse bissen sich gegenseitig. Ja, es war ein Anblick zum Sauerwerden!

„Versüße dein Leben", sagte der Vogel, „dann werden deine Trauben von selber süß."

Der Bauer strich sein Haus mit weißer Farbe, die Tür und die Fensterrahmen malte er blau. Er deckte das Dach neu mit goldgelbem Stroh und säuberte den schmutzigen Hof. Er badete seine Kinder, kämmte ihr Haar und zog ihnen hübsche neue Kleider an. Er kitzelte seine Frau, daß sie lachen mußte. Und auch seine Töchter lachten vor Freude. Die Katze saß in der Sonne und schnurrte, die Mäuse spielten unter den Weinstöcken Haschen.

Die Weintrauben wurden süß, und der Vogel saß in den Reben und sang vor Freude.

Die Eiderenten

Deckst du dich mit einer Federdecke zu, wenn du schlafen gehst? Hast du gar eine Daunendecke, bist du gut dran. Die feinsten Daunen aber hat die Eiderente!

Die Eiderenten leben an der felsigen Küste Islands, der großen, kalten Insel im nördlichen Atlantik. Die isländischen Bauern nehmen die feinsten Federn der Enten und verkaufen sie. Nun glaubst du wohl, es sei grausam, den Enten ihre warmen Federn wegzunehmen? Nein, die Enten zupfen sich ihre Federn selber aus. Natürlich nicht den Bauern zuliebe – nein, jede Entenmutter macht aus ihren weichsten Federn das Nest für ihre Jungen.

Wenn die Entenkinder herangewachsen sind, verlassen sie ihr warmes Nest – dann erst kommen die Bauern und holen sich die Daunen.

Einmal war da ein habgieriger Mann, der konnte nicht warten, bis die Enten ihre Nester verlassen hatten. Eines Morgens nahm er einen Sack, stieg in sein Boot und ruderte an die Küste, wo Tausende von Enten nisteten. Er stieß eine Ente aus ihrem Nest und auch die Entenküken. Oh, wie froren sie im Wind auf den kalten Felsen! Ihre Mutter hockte sich schützend über sie, aber ohne ihr Nest konnte sie die Kleinen nicht genug wärmen.

Der habgierige Mann stopfte die Federn in seinen Sack und wollte sich an das nächste Nest heranmachen. Aber dazu kam er nicht!

In diesem Augenblick kamen die Erpel zurück, die Entenväter, die für die Entenmütter und Küken Fische gefangen hatten. Als sie sahen, was der Mann tat, griffen sie ihn an, sausten dicht über seinen Kopf hin, schlugen ihn mit den Flügeln und bombardierten ihn mit Fischen. Hunderte von Entenvätern umflatterten den Mann.

Ein Schauer von Fischen fiel ihm auf den Kopf. Fische glitten ihm in den Nacken und unter sein Hemd. Fische füllten seine Stiefel. Er hob abwehrend die Hände über den Kopf – da füllten sich seine Ärmel mit Fischen!

„Hilfeee!" brüllte der Mann. Er ließ seinen Sack liegen, sprang in sein Boot und ruderte weg. Und er hat nie wieder versucht, den Eiderenten ihre Nester zu stehlen.

INDIEN

Das Fest ohne Ende

Es gab einmal in Indien eine Schar reisender Musikanten. Sie wanderten landauf und landab und erfreuten die Menschen mit ihrer Musik.

Eines Tages kamen sie an einen großen, prächtigen Palast. Er gehörte dem reichsten Radscha des Landes, der gerade ein Fest gab. Als er hörte, reisende Musikanten seien da, befahl er, sie sollten zu seinem Fest aufspielen. Auf Zehenspitzen gingen die Musikanten in den großen Festsaal. Die Wände waren ganz aus Gold, und die Decke war über und über mit Rubinen und Smaragden besetzt.

Tausend Gäste saßen essend und trinkend an niedrigen Tischen. Sie trugen die feinsten Kleider und waren mit so vielen Juwelen geschmückt, daß sie sich kaum bewegen konnten. Der Radscha aber überstrahlte sie alle. Seine Kleider funkelten von Diamanten, an jedem Finger trug er einen Diamantring, und der Becher, aus dem er trank, war aus einem einzigen, riesigen Saphir gemacht.

Die Musikanten begannen zu spielen, und sie musizierten viele Stunden lang, bis der Radscha winkte, daß sie gehen könnten. Da baten sie den Diener des Radscha, er möge sie bezahlen, damit sie sich auch etwas zu essen kaufen könnten.

Der Diener lachte und lachte. „Der Radscha bezahlt niemanden. Darum ist er auch der reichste Mann von Indien!" sagte er. „Geht jetzt!"

Das ärgerte die Musikanten. Sie begannen, eine seltsame Melodie zu spielen. Der Diener hörte auf zu lachen. Er setzte sich nieder, und schon war er eingeschlafen. Die Musikanten stellten sich an die Tür des Festsaals und spielten weiter. Da schlief der Radscha ein, und alle seine tausend Gäste schliefen ein. Bald schlief der ganze Palast. Da gingen die Musikanten fort. Das geschah vor vielen, vielen Jahren. Die Musikanten wurden nie mehr gesehen. Der Palast aber steht noch dort, und der Radscha und alle seine Festgäste schlafen noch immer.

Schwalbennester

Über den vielen großen und kleinen Inseln Indonesiens hielten sich Fatima und Samsusakir lange auf, denn es gab dort so viel zu sehen. Der Zauberteppich schwebte von Insel zu Insel, und sie erlebten wunderbare Abenteuer. Einmal näherten sie sich wieder einer kleinen Insel. Hier gab es keinen Sandstrand; steile Klippen ragten aus dem Wasser. Plötzlich wirbelte ein kleiner brauner Vogel durch die Luft und landete auf dem Teppich. Fatima nahm den zitternden Vogel in beide Hände.

„Oh, wie schnell sein Herz klopft", sagte das Mädchen. „Sie hat Angst, die kleine Schwalbe."

„Das ist eine Salangane", sagte ihr Bruder. „Was hast du denn, kleiner Segler?"

„Die Nestdiebe sind gekommen!" piepste der Vogel kläglich. „Seht nur!" Er zeigte mit dem Schnabel aufs Wasser. Da ankerte ein kleines Segelboot vor den Klippen. Männer stiegen an Land und verschwanden in einer Höhle in den Klippen.

„Mein Nest ist darin! Sie wollen es stehlen! Sie nehmen *alle* Nester und kochen Suppe daraus!" jammerte der unglückliche Vogel. „Wohin soll ich denn meine Eier legen?"

Ja, in diesem Teil der Welt gelten gekochte Schwalbennester als Leckerbissen!

„Wir helfen dir!" versprach Samsusakir, und er lenkte den Teppich in die Höhle hinein.

Die Höhle war riesengroß und erfüllt vom Schreien der wild umherschwirrenden Salanganen. Die Männer kümmerten sich nicht um die Vögel. Sie standen auf Bambusleitern und schlugen mit Stöcken die Nester herunter. Wie kleine weiße Schüsseln waren die Nester hoch oben an den Höhlenwänden befestigt.

Der Teppich flog dicht an einem Mann vorbei. Samsu beugte sich herüber und schrie ihm ins Ohr: „Buuuuh!" Vor Schreck rutschte der Mann die Leiter hinunter.

Sie flogen zu einem anderen Mann. Fatima griff zu und riß ihn an den Haaren. Mit einem Aufschrei sprang der Nestdieb von der Leiter. Der Teppich schwirrte hin und her durch die dämmerige Höhle, und Bruder und Schwester erschreckten die Männer mit unheimlichen Schreien und spielten ihnen Streiche. Da rannten alle Nestdiebe, so schnell sie konnten, sprangen in ihr Boot und segelten davon.

„Die kommen bestimmt nicht wieder!" sagte Samsu zu den glücklichen Vögeln, die ihnen fröhlich Dank zwitscherten. Und dann flog der Teppich mit den Kindern weiter, neuen Abenteuern in fernen Ländern entgegen.

IRAN

Die weinenden Fische

Im Iran gibt es einen sehr salzigen See, den
See von Rezaiyeh. Flüsse führen ihm frisches
Süßwasser zu, aber der See bleibt so salzig wie
das Meer. Wißt ihr, warum?

Vor langer, langer Zeit hatte der See gutes Süßwasser. An seinem Ufer lebte ein Mann, der
gern Fische aß. Im See aber gab es keinen einzigen Fisch. Da begab sich der Mann auf eine
lange Reise ans Meer. Dort fing er ein paar
Jungfische, warf sie in einen großen Krug mit
Wasser und trug sie den ganzen Weg zurück.
Zu Hause angekommen, setzte er sie im See aus
und sagte: „Nun wachst, kleine Fische, wachst
und vermehrt euch, bis der See von Fischen wim-
melt. Dann will ich euch fangen und essen."
Die armen kleinen Fische! Sie wollten nicht gefangen und gegessen werden. Sie fingen an zu
weinen, sie weinten Tag und Nacht. Die Zeit
verging, sie hörten nicht auf zu weinen, aber
dennoch wuchsen sie und bekamen viele kleine
Fischkinder, die weinten ebenfalls. Und die
Fischkinder wurden groß und weinten und bekamen auch wieder Fischkinder.

Da kam der Mann an den See und wollte sich
ein paar Fische fangen. Er warf sein Netz aus
und fing siebzehn Fische. Sie krümmten sich
und zappelten, doch sie konnten nicht entkommen. Sie zappelten so heftig, daß sie dem
Mann Wasser ins Gesicht spritzten, und ein
paar Tropfen kamen ihm in den Mund.

Das Wasser schmeckte salzig! Der Mann konnte
es nicht glauben, er steckte den Finger ins See-
wasser und probierte noch einmal. Wirklich, es
war salzig. Da sah der Mann, daß die Fische
weinten. Sie hatten soviel geweint, daß ihre Tränen
das Süßwasser in Salzwasser verwandelt hatten!
Nun wußte der Mann, wie unglücklich die Fische
waren. Er ließ sie alle wieder ins Wasser und

versprach ihnen, nie wieder einen zu fangen.
Die Fische dankten ihm und schwammen davon.
Aber das Wasser des Sees von Rezaiyeh ist sal-
zig bis auf den heutigen Tag.

Brians Esel

Brian spannte seinen Esel vor seine Karre und fuhr in die Stadt. Vor Flanagans Laden hielt er an und ging hinein. Er wollte einiges zu essen einkaufen.

Eine Wespe kam herangesurrt und stach Brians Esel. „Iiii-aaah!" schrie der Esel und schlug hinten aus. Er verfehlte die Wespe, doch Brians Karre ging in Trümmer.

Brians Esel lief in Flanagans Laden und wollte Brian zeigen, was passiert war. Er warf eine Kiste mit Äpfeln um und einen Stapel von siebenundsiebzig Dosen Bohnen.

Flanagan der Krämer ergriff einen Besen und rannte wutschnaubend hinter Brians Esel her. Brian lief ihm nach, mit offenem Mund und gesträubtem Haar, und er sagte kein einziges Wort. Flanagan jagte Brians Esel auf die Hauptstraße. Der Esel rannte fünf Radfahrer um, und die Räder waren hin. Die Radfahrer jagten hinter dem Esel her.

Brians Esel flüchtete in Fräulein Felicitas Garten. Fräulein Felicitas stürzte aus dem Haus und schlug ihm ihren Schirm über den Kopf. Der Schirm zerbrach, und Brians Esel rannte weg. Fräulein Felicitas hinterher.

Sie jagten Brians Esel straßauf und straßab. Er zerbrach drei Zäune, fünf Einkaufskörbe, vier Fenster und eine ganze Wagenladung Milchflaschen.

Nun waren sie schon eine ganze Schar, und alle waren böse auf Brians Esel – und je länger sie ihn jagten, desto zorniger wurden sie.

Sie machten einen solchen Lärm, daß alle Leute neugierig wurden und aus den Fenstern guckten. Zuletzt fingen sie den Esel und banden ihn am Marktplatz an einen großen, alten Baum. Dann drehten sich alle um und starrten Brian an.

„Bezahl mir meinen Schaden!" grollte Flanagan.

„Bezahl mir meinen Schirm!" kreischte Fräulein Felicitas.

„Bezahl mir mein Fahrrad!" schrien McFiggins, McFee, O'Shea, O'Sullivan und Lenihan, die Radfahrer.

Brian stand nur da, mit offenem Mund und gesträubtem Haar, und er sagte kein einziges Wort. Der Esel schlug aus und zerrte am Strick. Er schlug und zerrte – da fiel der alte Baum um! Alle rannten schreiend davon, damit ihnen der Baum nicht auf den Kopf fiel. Nur Brian stand noch da, mit offenem Mund und gesträubtem Haar, und blickte auf das Loch in der Erde, wo der Baum gestanden hatte. Es war gefüllt mit goldenen Talern – jemand hatte hier einen Schatz vergraben!

Brian sammelte das Gold auf. Er bezahlte alles, was sein Esel zerbrochen hatte, und behielt noch einen ganzen Sack voll Gold übrig. Und er sagte kein einziges Wort. Er lachte nur, und er lachte und lachte.

ISRAEL

Im Kibbuz

Afri war eine hübsche, schlanke Gazelle. Sie lebte in der heißen, trockenen Negevwüste. Manche Leute glauben, dort könnte niemand leben. Aber zwischen Sand und Felsen wachsen doch gelegentlich ein paar Pflanzen. Hier und dort fand Afri einen Mundvoll zu essen, aber sie mußte oft lange danach suchen.

Eines Tages kam Afri in ein Tal, in dem sie lange nicht gewesen war. Wie staunte sie – da wuchs ringsherum üppiges grünes Gras! Afri begann zu rupfen, und sie aß so lange, bis sie nudeldick satt war. Dann legte sie sich hin, sie mußte die ungewohnte Mahlzeit erst einmal verdauen.

Da kam ein Mann auf sie zu. Afri sprang auf und wollte fliehen, aber sie war so vollgegessen, daß sie taumelte. Der Mann sprang hinzu und fing sie. Während er sie festhielt, sagte er beruhigend: „Keine Bange, ich tu dir nichts!" Dann führte er Afri auf den Hof, wo er mit vielen Männern, Frauen und Kindern wohnte. „Dies ist ein Kibbuz", erzählte er Afri. „Wir wohnen und arbeiten alle zusammen und wollen hier in der Wüste einen grünen Garten anlegen. Das ist nicht leicht. Aber wenn du in der Wüste leben kannst, können wir es auch."

Alle kamen heran und bewunderten Afri. Und die Kinder baten: „Bleib bei uns, du sollst es auch gut haben!" So blieb Afri im Kibbuz und durfte immer soviel Gras essen, wie sie wollte.

ITALIEN

Der Gondolier und die Taube

In Italien, in der schönen Stadt Venedig, gibt es wenig Straßen. Die Leute fahren mit kleinen Schiffen auf Kanälen oder mit Gondeln, die von Gondolieren gerudert werden.

Nun gibt es in Venedig sehr viele Tauben. Eine war, sehr faul; anstatt zu fliegen, mochte sie viel lieber fahren. Sie wartete immer auf Renzo, den Gondolier, setzte sich auf den Rand seiner Gondel und fuhr mit.

Eines Tages verlor Renzo die Geduld. Er schrie: „Mach, daß du wegkommst, du faules Tier! Warum soll ich dich immer mitnehmen?"

„Guruuh!" machte die Taube. Renzo schaukelte seine Gondel, um die Taube zu verjagen, doch sie gurrte lauter. Er warf ein Kissen nach ihr, aber sie duckte sich, und das Kissen fiel ins Wasser.

„Zum Kuckuck! Mit dir hat man nur Ärger!" schrie Renzo wütend. Er hob sein langes, schweres Ruder, und wollte die Taube damit verjagen. Beinah wäre er in den Kanal gefallen.

Die Taube überlegte, wie sie ihn versöhnen konnte. Sie machte ihm einen Vorschlag, und er ging darauf ein.

Nun darf die Taube immer mit Renzos Gondel fahren. Sie hat Blumen im Schnabel, und jeder Fahrgast bekommt eine. Jeder ist entzückt, und viele Leute wollen nur mit Renzo fahren. Darüber ist er natürlich sehr froh, und die Taube ist auch zufrieden. Weil alle Fahrgäste sie füttern, ist sie so fett geworden, daß sie gar nicht mehr fliegen kann, selbst wenn sie es wollte.

Das Zwergflußpferd

In Afrika gibt es ein Land, das Elfenbeinküste heißt. Aber das Land hat nicht nur eine Küste, es hat auch große Wälder.

Tief im Wald lebte das Zwergflußpferd Felix. Felix war noch sehr jung, aber seine Mutter hatte ihn fortgeschickt; er sollte für sich allein leben. Er wanderte durch den Wald und murrte: „Warum darf ich nicht zu Hause bleiben? Mutter meint, Zwergflußpferde leben immer allein, aber ich finde das langweilig. Ich hätte lieber Gesellschaft!"

Er kam an einen Fluß, der schlammige Ufer hatte. „Hm, hm", machte er. „Das ist der richtige Platz für mich." Er fand eine kleine Höhle am Ufer, die halb unter Wasser stand. Hier wollte das Zwergflußpferd bleiben.

„Daran muß ich wohl noch etwas tun", sagte sich Felix, und er höhlte die Höhle aus. Als sie groß genug war, kroch er hinein. „Das ist genau solche Höhle wie Mutter sie hat! Nun kann ich mich gut verstecken, und niemand kann mich sehen. Das machen alle Zwergflußpferde so. Eigentlich müßte ich jetzt glücklich sein."

Aber er war nicht glücklich, er fühlte sich sehr einsam.

Seine Höhle war aber auch nicht sehr haltbar; es war ja die erste Höhle, die Felix gebaut hatte. Während er darinnen saß, kam eine kleine Antilope über den Strand gesprungen. Sie war ganz leicht, ihre kleinen Füße liefen nur eben tip-tap über die Höhle – plumps, da brach sie ein, und die Antilope rutschte ins Wasser.

„Hilfe, Hilfe!" rief die Antilope und zappelte in dem schlammigen Fluß.

„Was ist denn los?" schrie das Zwergflußpferd und wühlte sich aus der Höhle heraus. Da sah er, was passiert war. Er sprang ins Wasser und schob die Antilope aufs Land zurück.

„Schönen Dank", sagte sie. „Du bist aber groß und stark!"

„Ich? Ich soll groß und stark sein?" fragte das Zwergflußpferd überrascht. „Ich bin doch nur ein kleines Zwergflußpferd."

„Das mag ja sein", sagte die Antilope, „für mich bist du trotzdem groß und stark!"

Da war Felix sehr stolz. Er warf sich in die Brust und schnaufte fröhlich.

Nun kriecht er jeden Abend aus seiner Höhle, wenn die Antilope zum Trinken an den Fluß kommt. Er gibt acht, daß sie nicht ins Wasser fällt, und immer schwatzen sie eine Weile miteinander. Jetzt fühlt sich das Zwergflußpferd gar nicht mehr einsam.

JAPAN

Die goldstrahlende Lilie

In der großen Stadt Tokio in Japan lebte vor langer Zeit ein schönes Mädchen. Sie war so strahlend und lieblich, daß sie Goldlilie genannt wurde.

Aus den Fenstern ihres Zimmers konnte sie den Weg sehen, der über die Ebene zum großen Berg Fujijama führt. Sie fragte ihre Mutter nach dem Berg. „Früher war er ein Vulkan", sagte ihre Mutter. „Er war voll Feuer und spie glühende Lava aus, die rundherum die Erde bedeckte. Dicker Qualm erfüllte die Luft. Aber jetzt ist er nur noch ein Berg wie andere mit einer Schneekappe."

„Aber die Spitze ist doch blau", sagte Goldlilie. „Das kann doch kein Schnee sein!"

„Sie sieht nur blau aus, wenn die Sonne darauf scheint", entgegnete die Mutter.

Das verstand Goldlilie nun gar nicht. Wie kann etwas Weißes blau aussehen, wenn die Sonne darauf scheint?

Als sie ein andermal zum Berg hinüberblickte, war sein Gipfel ganz grau. An einem andern Tag sah er fast violett aus. Und einmal glänzte er wie Gold! Da war Goldlilie überzeugt, ihre Mutter müßte sich irren. „Das kann doch kein Schnee sein!" dachte sie. Sie hätte zu gern gewußt, was es wirklich war.

Sie verließ das Haus und machte sich auf den Weg zum Fujijama. Viele Stunden mußte sie wandern, bis sie den Fujijama erreichte. Als die Sonne unterging, war sie am Fuß des Berges und blickte hinauf. Nun glänzte der Gipfel rosa – im schönsten Rosa, das sie je gesehen hatte. Goldlilie begann, den Berg zu besteigen. Es wurde dunkel und kalt, doch obwohl sie müde war, stieg sie weiter.

Als es Morgen wurde, schien wieder die Sonne auf den wunderbaren Gipfel des Berges. Da schimmerte er in allen Farben des Regenbogens. Goldlilie lachte vor Freude, sie stieg schneller, und bald stand sie dort, wo die wundervollen Farben geleuchtet hatten. Oh, wie war es hier kalt und feucht. Und als sie genauer hinsah, war es wirklich Schnee, was auf dem Gipfel lag. Und es war weißer Schnee, was von weitem so farbenprächtig ausgesehen hatte.

Die arme Goldlilie war traurig und enttäuscht. Sie fror so, daß sie keinen Schritt mehr gehen konnte. Sie fiel in den Schnee, der sie wie ein weiches Laken bedeckte. Sie schlief ein, und sie schlief, bis sie starb.

Ihre unglücklichen Eltern suchten nach ihr, fanden sie aber niemals. Doch an der Stelle, wo sie gestorben war, wuchs eine prächtige Lilie. Sie war weiß, golden und rosa, genau wie der Schnee, wenn die Sonne darauf scheint.

Die trauernden Eltern nahmen die Lilie und pflanzten sie in ihren Garten. Sie nannten sie Goldstrahlende Lilie, in Erinnerung an ihre Tochter Goldlilie. Heute blühen solche Lilien überall in Japan und in vielen Gärten der Welt.

Guter alter Bus

In Jordanien gab es einen alten Bus, der die Leute vom Land in die Stadt brachte. Er beförderte auch ihre Lasten: Sesam, Pampelmusen, Oliven und Datteln, alles wurde auf sein Dach geladen. Es war ein guter alter Bus, jeder hatte ihn gern. Ausgenommen Baschir, sein Fahrer. Baschir wollte, daß der Bus nur an den Haltestellen anhielt. Er sollte auch immer pünktlich sein und sich nach seiner großen silbernen Uhr richten. Doch der Bus hielt an, wann es ihm gefiel, und ließ die Leute aus- und einsteigen. Darüber ärgerte Baschir sich schrecklich. Eines Tages stieg ein alter Mann mit einem schweren Bündel auf dem krummen Rücken in den Bus. Er fragte Baschir höflich: „Kannst du mich vor meinem Haus absetzen?"
Baschir schrie: „Nein, unmöglich! Dein Haus liegt nicht an der Straße, die wir fahren!"
„Aber es ist heute so heiß!" entgegnete der alte Mann. „Viel zu heiß zum Laufen!"
Baschir wollte weiterfahren, aber der Bus blieb stehen. Er bockte. Er wollte unbedingt den alten Mann nach Hause bringen. Die anderen Passagiere riefen Baschir zu: „Fahr nur ruhig hin, wir haben nichts dagegen!"
Doch Baschir war ärgerlich auf den Bus. Er stieg aus und schrie: „Wenn du nicht tust, was ich will, will ich dich auch nicht mehr fahren!"
Da setzte der Bus sich in Bewegung, und Baschir konnte gerade noch aufspringen. Er brachte den alten Mann nach Haus, und auch alle anderen Passagiere wurden richtig nach Haus gefahren. So waren sie alle zufrieden, bis auf Baschir. Denn als alle ausgestiegen waren, blieb der Bus stehen, und Baschir mußte auf einem Kamel nach Haus reiten.

KENIA

Die Zebrastreifen

In Kenia, in Ostafrika, gibt es endlos weite Grassteppen. Dort ist die Heimat der Zebras, die alle schwarz-weiß gestreift sind.

Nicht immer haben die Zebras Streifen gehabt. In früheren Zeiten gab es zwei Sorten Zebras – weiße und schwarze. Die schwarzen Zebras waren sehr stolz auf ihr schönes, glänzendes Fell. Sie hielten sich für die schönsten Tiere der Welt. Seltsamerweise dachten die weißen Zebras dasselbe von sich.

Doch den Löwen, den Menschen und anderen Zebrajägern war es ganz gleich, welche Farbe ein Zebra hatte. Sie jagten und fingen sie ohne viel Mühe, sie waren ja so leicht zu sehen!

Die Zebras waren darüber ganz verzweifelt. „Bald wird es keine Zebras mehr geben", sagten sie. „Wir müssen uns überlegen, wie wir uns retten können."

So kamen sie zusammen, schwarze und weiße, und berieten, was zu tun sei. Sie dachten daran, die Gegend zu verlassen, doch wohin sie auch laufen würden, Jäger gab es überall. Sie dachten daran, sich in den Bergen zu verstecken, doch da gab es nicht genug Futter für sie.

Ein weißes Zebra sagte: „Ich weiß, wie wir uns hier verstecken können. Wenn ein weißes Zebra unter einem Baum steht, werfen die Zweige schwarze Schattenstreifen auf sein Fell. Dann ist es nicht leicht zu erkennen!"

„Meinst du etwa, wir sollten uns selbst mit

KOREA

Erlebnis im Sturm

Als Fatima und Samsusakir mit ihrem Teppich in Korea ankamen, tobte dort gerade ein heftiger Sturm. Es regnete so sehr, daß sie im Nu bis auf die Haut durchnäßt waren. Doch der Teppich rettete sie. Er rollte sich über den Kindern zusammen, und der Sturm konnte ihnen nichts anhaben. Dann schwebte er sanft zur Erde hinab.

Sie landeten genau vor der Tür einer kleinen Lehmhütte, die ein Strohdach hatte. Ein Mann kam aus der Tür. Er wollte sehen, woher der Lärm kam. Da flog der Teppich ihm direkt in die Arme. Er hielt ihn fest und schwankte mit der Last ins Haus zurück. Seine Frau und die Kinder rollten den Teppich auseinander. Da sprangen Fatima und Samsusakir heraus. War das eine Überraschung! Bald waren sie alle gute Freunde.

Die guten Leute gaben den beiden zu essen: Reis und Krabben und Pfirsiche! Und dann war der Sturm vorüber, und die Sonne kam wieder heraus.

Bevor Fatima und Samsusakir wieder auf die Reise gingen, durften die Koreaner-Kinder mit dem Zauberteppich eine Runde fliegen.

schwarzen Streifen bedecken?" fragten ärgerlich die weißen Zebras.

„Und wir sollten unser wunderschönes schwarzes Fell mit Weiß verunzieren?" fragten die schwarzen Zebras.

„Ganz richtig!" sagte das weiße Zebra.

Oh, wie murrten und klagten alle Zebras. Aber keinem fiel etwas Besseres ein. So gaben alle schwarzen Zebras etwas von ihrer Farbe an die weißen Zebras und bekamen dafür von diesen weiße Farbe. Nun sahen alle gleich aus.

Sie betrachteten einander und riefen überrascht: „Aber das sieht ja sehr hübsch aus!" Die Zebras waren mit ihrem neuen Aussehen sehr zufrieden. Und als sie merkten, daß die Jäger sie längst nicht mehr so leicht sehen konnten, freuten sie sich noch viel mehr.

LAOS

Die schöne Pagode

In Südostasien liegt im Königreich Laos die Stadt Luang Prabang. In dieser Stadt gibt es hundert Tempel, die man dort Pagoden nennt. Vor langer, langer Zeit lebte dort ein König, der wollte eine besonders schöne Pagode bauen. Sie sollte viel, viel schöner sein als alle anderen.

Eines Tages ging der König in seinem Garten auf und ab und grübelte, wie die Pagode wohl aussehen müßte.

„Darf ein bescheidener Gärtner dir einen Rat geben, Majestät?" sagte der Gärtner. „Du hast die Antwort vor Augen!" Und er zeigte auf einen Papagei, der auf einem Zweig saß.

„Du hast recht!" rief der König. Er betrachtete den Vogel, dessen Gefieder in den schönsten Farben leuchtete.

Der König rief seine Baumeister. Sie mußten sich den Papagei ansehen. Dann gab er ihnen den Auftrag, seine Pagode in den gleichen Farben zu bauen.

Das taten sie, und die Pagode wurde die allerschönste von den hundert Pagoden in Luang Prabang.

Das Riesenmädchen

Der Libanon ist ein kleines, dichtbevölkertes Land am östlichen Ende des Mittelmeeres.

Vor vielen tausend Jahren, als es noch nicht so viele Menschen auf der Welt gab, lebten dort Riesen. Doch nach und nach bevölkerte sich das Land mit ganz gewöhnlichen Menschen. Da hatten die Riesen nicht mehr genug Platz und wanderten aus. Sie zogen in das weite, leere Land hinter den Bergen. Seitdem wurden sie nicht mehr gesehen.

Nun gab es auf einem hohen Berg im Libanon eine große Höhle. Niemand kannte sie, denn sie war mit Steinen verschlossen. Doch eines Tages gerieten die Steine in Bewegung und rollten den Berg hinab. In der Höhle hatte ein Riesenmädchen geschlafen; nun war sie wach geworden und wollte heraus. Darum schob sie sich die Steine aus dem Weg. Sie hieß Jona. Ein böser Zauberer hatte sie verzaubert, so daß

sie zehntausend Jahre in der Höhle geschlafen hatte. Niemand hatte davon gewußt. Nun war sie aufgewacht – das arme Kind!

Sie wußte nichts davon, daß die anderen Riesen das Land verlassen hatten. Sie wußte nicht, daß jetzt Millionen ganz gewöhnlicher Menschen in diesem Land lebten. Sie machte sich auf und stieg den Berg hinab und wollte die anderen Riesen suchen. Krach! – die Bäume zersplitterten unter ihren Füßen. Sie trat auf die Bäume, wie wir auf Gras treten.

Da hörte sie ein leises Jammern, das von ihren Füßen zu ihr heraufdrang. Sie blickte hinunter. Ein Mann schrie: „Zertritt mich nicht!" Es war ein ganz normaler Mann, doch für Jona war er so klein, daß sie ihn kaum sehen konnte. Sie hob ihn freundlich auf und fragte ihn, wo sie die Riesen finden könnte.

„Die sind schon seit vielen Jahren fort", sagte er. „Niemand weiß, wohin sie gegangen sind!"

Als Jona das hörte, rollte eine Träne ihre Wange herab. Für sie war es eine kleine Träne, aber der Mann wurde davon naß bis auf die Haut.

Jona blickte sich um und sah, daß das Land voller Menschen war. „Hier kann ich nicht bleiben", sagte sie. „Hier sind die Leute so klein, daß ich fürchte, sie zu zertreten. Ich will die andern Riesen suchen."

Der Mann führte sie durchs Land. Er zeigte ihr, wohin sie ihre Füße setzen sollte, um niemandem weh zu tun. Schließlich kamen sie ans Mittelmeer. „Leb wohl", sagte sie. Und dann schwamm das Riesenmädchen traurig davon, in die weite Welt, um die anderen Riesen zu suchen.

LESOTHO
Der Schafhirte und die Pfannkuchen

Lesotho ist ein kleines Land in Afrika. Dort lebte der junge Hirte Matete. Tag für Tag hütete er seine Schafe an den Berghängen. Das war ein hartes Leben. Immer wieder gingen ihm Schafe verloren, sie verliefen sich in den Bergen. Jeden Abend, wenn Matete ins Dorf zurückkam, zählte sein Vater die Schafe. Er schalt mit ihm, wenn wieder ein Schaf fehlte, und nannte ihn einen schlechten Schafhirten. Da wurde Matete sehr traurig, er wollte so gern ein guter Hirte sein.

Er dachte darüber nach, was er machen könnte, damit die Schafe nicht wegliefen. Schließlich

kaufte er eine Bratpfanne. Da staunt ihr, was? Wie kann eine Bratpfanne einem Schafhirten wohl nützen?

Ja, der schlaue Matete wußte, daß die Schafe neugierig sind. Deswegen machte er jeden Tag über einem kleinen Feuer Pfannkuchen.

Dazu muß man zuerst Butter in die Pfanne tun, dann kommt der Pfannkuchenteig hinein und wird auf der einen Seite gebacken. Dann muß er umgedreht werden und auf der zweiten Seite backen. Aber Matete drehte seine Pfannkuchen nicht einfach so herum – er warf sie dabei in die Luft!

Das machte er so: War ein Pfannkuchen auf der einen Seite fertig, hob er die Pfanne, schüttelte sie ein wenig und gab ihr dann einen Ruck. Der Pfannkuchen flog in die Luft, drehte sich um und fiel in die Pfanne zurück – auf die richtige Seite!

Alle Schafe sahen dabei zu. „Bääh, bääh!" blökten sie. Das hieß: „O wie lustig!"

Matete wurde immer geschickter beim Wenden der Pfannkuchen. Sie drehten sich etliche Male in der Luft, bevor er sie wieder auffing. Er konnte sogar einen Pfannkuchen über seinen Kopf werfen und hinter seinem Rücken wieder auffangen! Jetzt blieben die Schafe immer in seiner Nähe, weil sie beim Pfannkuchenbacken zusehen wollten. Sein Vater war natürlich sehr froh und erzählte überall: „Mein Sohn ist der beste Schafhirt in Lesotho!"

Darauf war Matete sehr stolz! Aber von all den Pfannkuchen wurde er auch der dickste Schafhirt von Lesotho.

Die Sklavenhändler und das fröhliche Negervolk

Liberien ist ein kleines Land an der Atlantikküste in Afrika. Vor langer, langer Zeit gab es dort noch keine Städte; die Menschen lebten in den Wäldern.

Einer der Negerstämme wurde „Das fröhliche Volk" genannt. Das Lachen war ihnen angeboren. Wohin sie auch kamen, erfüllten sie den Wald mit Fröhlichkeit. Sie freuten sich, wenn die Sonne schien, und tanzten, wenn es regnete. Vergnügt durchstreiften sie die großen Wälder und lebten fröhlich von den Früchten, die sie fanden.

Eines Tages trafen sie einen anderen Stamm, der voller Furcht durch den Wald floh.

„Böse Fremde sind an der Küste gelandet", erzählten sie den fröhlichen Leuten. „Sie fangen jeden, den sie finden, und bringen ihn auf ihr Schiff. Sie verkaufen ihn als Sklaven in ferne Länder. Nie werden wir die Armen wiedersehen." Und die Erschrockenen flüchteten tiefer in den Wald.

Eine Zeitlang waren die fröhlichen Leute betrübt, aber sie konnten sich nicht vorstellen, daß man sie fangen könnte. Deshalb nahmen sie sich nicht in acht, und eines Tages wurden sie von den bösen Sklavenhändlern umzingelt und gefesselt.

Sie wurden durch den Wald zur Küste getrieben. Dort lagen die schrecklichen Sklavenschiffe. Die armen Gefangenen waren nicht mehr fröhlich; sie jammerten und flehten, man möge sie freilassen. Doch die Sklavenhändler lachten nur und zogen die Stricke fester, mit denen sie gefesselt waren.

Als die Wachen eingeschlafen waren, befreite sich ein Junge von seinen Fesseln. Er kroch zu einem der schlafenden Männer und zog ihm ein Messer aus der Tasche. Dann schlich er leise zu seinen Gefährten zurück.

Die hatten ihm voller Hoffnung zugesehen. Nun zerschnitt der Junge vorsichtig ihre Fesseln. Ohne ein Geräusch zu machen, schlichen sich alle ganz leise davon.

Als die Sklavenhändler am andern Morgen erwachten und ihre Gefangenen suchten, waren sie schon weit fort und nicht mehr zu finden. Von nun an war das fröhliche Volk sehr vorsichtig und wachsam. Sie hielten sich von der Küste fern, wo die Sklavenhändler lauerten, und wurden nicht wieder eingefangen. Das Abenteuer hatte sie das Weinen gelehrt, aber das Lachen hatten sie nicht vergessen.

LIBYEN

Die geheimnisvolle Höhle

In Libyen, einem Wüstenland in Nordafrika, lebte Mustafa, ein Nomadenjunge. Nomaden bleiben nirgends lange, sie sind immer unterwegs, um neue Weiden für ihr Vieh zu suchen. So zog auch Mustafa mit seiner Familie durchs Land. Eines Tages fand Mustafa ein Kätzchen. Ganz allein und verlassen, hatte es sich ängstlich im Sand verkrochen. Es war eine kleine Wildkatze. Er fütterte sie mit Kuhmilch und behielt sie bei sich.

Doch eines Tages sprang das Kätzchen aus seinen Armen und lief fort. Da sie gerade ein sehr trockenes Gebiet durchwanderten, wo es kein Gras und kein Wasser für das Vieh gab, waren die Nomaden in Eile. Sie wollten nicht auf das Kätzchen warten und zogen weiter.

Aber Mustafa lief ihr nach in die Berge. Zuerst konnte er sie nirgends finden. Dann sah er ihre Fußspuren, die zu einer kleinen Öffnung in einer Felswand führten. Er kroch hinein und kam in eine große, dunkle Höhle. Über ihm glitzerten zwei Augen. „Halt, laß dich fangen!" rief er. Er streckte die Hand nach seinem Kätzchen aus; aber was er berührte, war Stein. Wie seltsam! Mustafa starrte in die Dunkelheit. Da sah er, daß die Augen aus wunderschönen grünen Steinen gemacht waren. Waren es Smaragde? Es waren die Augen einer Katze, die aus Stein gemeißelt war. Was machte sie hier? Bewachte sie einen Schatz?

„Miau!" sagte es neben ihm. Mustafa machte einen Freudensprung. Das war sein Kätzchen, nicht das steinerne Bildnis. Er nahm sein Kätzchen auf den Arm, verließ die Höhle und lief, so schnell er konnte, seiner Familie nach, die schon weitergewandert war. Doch eines Tages wollte er in die Höhle zurückkehren und das Geheimnis der Katze mit den Smaragd-Augen ergründen.

LUXEMBURG

Das Märchen vom Musikanten

Vor langer, langer Zeit lebte in Luxemburg ein unglücklicher Musikant. Er war traurig, denn niemand wollte seine Musik hören. Wenn er Klavier spielte, verzog jeder das Gesicht und stöhnte. Spielte er auf seiner Geige, so hielten sich die Leute die Ohren zu und baten ihn aufzuhören. Wenn er aber Trompete blies, warfen sie mit faulen Eiern nach ihm.

Armer, unglücklicher, einsamer Musikant! Er wanderte durch das ganze Land, um jemanden zu finden, der ihm zuhören wollte. Aber alle Leute, die er traf, baten ihn flehentlich aufzuhören. Die Vögel flogen davon, die Kaninchen krochen in ihre Höhlen, und selbst die Fische tauchten auf den Grund, um seine Musik nicht hören zu müssen.

Schließlich konnte der Musikant es nicht mehr ertragen. Er setzte sich hin und weinte. Da merkte er plötzlich, wie ihm jemand ganz sanft die Tränen abwischte. Er hörte auf zu weinen und blickte auf: Es war der Frühlingswind.

„Weine nicht, kleiner Musikant", flüsterte der. „Komm und spiele Trompete für mich. Ich will dir zeigen, wie es gemacht wird!"

Und er half ihm aufstehen und führte ihn auf den Gipfel eines Berges. Dort setzten sie sich nieder, und der Frühlingswind lehrte ihn das Trompeteblasen.

Den ganzen Sommer hindurch lernte er, süß und sanft zu blasen. Den Herbst hindurch lernte er, ruhig und traurig zu spielen. Und den ganzen Winter lang spielte er herb und streng. Dann hob der Frühlingswind ihn auf und trug ihn den Berg hinab bis in die Stadt Luxemburg.

Der Musikant saß in den Armen des Frühlingswindes, und seine Trompete erklang weich und süß, warm und tief. Alle Leute kamen auf die Straße.

„Der Frühling kommt!" riefen alle erfreut. „Hört ihr es?"

Der Musikant lächelte und entlockte seiner Trompete die schönsten Töne, die man je gehört hatte. Er fühlte sich sehr glücklich. Es machte ihm nichts aus, daß niemand ihn sehen konnte. Alle wollten ja seine Musik hören, und das hatte er sich immer gewünscht.

MADAGASKAR

Der Ochse im Schlamm

Jary war ein junger Ochse. Er lebte auf einem Hof in Madagaskar auf einer fetten, grünen Weide. Eines Tages brachte der Bauer ihn auf ein Reisfeld, das ganz mit Wasser überflutet war. „Da werde ich ja ganz naß und schlammig!" schrie der Ochse und wollte nicht hineingehen. „Das sollst du auch", sagte der Bauer. „Du sollst solange auf diesem Feld im Wasser herumlaufen, bis aller Schlamm aufgewühlt ist. Dann kann ich dort Reis pflanzen."

70

Zuerst mochte Jary es gar nicht, in dem dicken Schlamm herumzutrampeln. Aber bald hatte er Spaß daran. Er lief immer wieder rundherum, planschte im Wasser und bespritzte sich mit Schlamm – es gefiel ihm immer besser.

Als der Bauer ihn auf seine Weide zurückbrachte, fand er es dort gar nicht mehr schön. Er wollte gern weiter im Schlamm planschen. Bei der ersten Gelegenheit lief er zurück auf das Reisfeld.

Das gab einen Aufstand! Inzwischen hatte nämlich der Bauer dort Reis gepflanzt, und der dumme Jary trampelte auf den Pflanzen herum. Der Bauer jagte ihn aus dem Feld heraus.

Da wurde Jary so böse, daß er in den Wald lief. Dort gefiel es ihm aber auch nicht, denn er fand nichts zu essen. Er traf einen Schmetterling, einen hübschen, blau-gelben Falter, der Nektar aus einer Blume sog. „Kannst du mir nicht den Weg nach Haus zeigen?" fragte Jary. „Wenn du fliegen könntest wie ich, könntest du hinter den Bäumen den Weg sehen", sagte der Schmetterling. Aber er war sehr freundlich, flog voraus und zeigte Jary die Richtung.

Jary lief nach Hause und war froh, als er wieder auf seiner fetten Grasweide war. In den Wald lief er niemals wieder. Aber wenn der Bauer ihn auf dem Reisfeld brauchte, ging er bereitwillig mit: Das machte ihm zuviel Spaß.

MALAWI

Feueralarm!

Fatima und Samsusakir flogen auf ihrem Zauberteppich über Afrika und kamen nach Malawi. Sie sahen, daß da unten ein Buschfeuer wütete. Alle Tiere waren auf der Flucht und schwammen über einen Fluß, um dem Feuer zu entkommen. Eine Leopardenmutter hatte ein Junges im Maul, und brachte es ans andere Flußufer, dann lief sie gleich wieder ins Feuer zurück.

Fatima und Samsu sahen, daß sie zu ihren drei anderen Jungen lief. Sie ergriff das nächste und rannte von neuem zum Fluß.

„Ooh", rief Fatima. „Wir müssen ihr helfen!" Samsu steuerte den Zauberteppich zur Erde, Fatima ergriff die beiden Jungen, und schon ging es wieder in die Luft.

Sie flogen so schnell, daß sie schon auf der anderen Seite des Flusses waren, bevor die Leoparden-Mutter dort ankam. Wie hat sie sich gefreut, als sie ihre Kinder heil und gesund sah!

Der freche kleine Schneidervogel

Auf der Insel Borneo gab es einmal einen frechen Schneidervogel. Wie alle Schneidervögel, machte er sich ein Nest, indem er zwei große Blätter zusammennähte.

Zum Nähen brauchte er Nähgarn, und er stahl sich Seidenfäden von den Seidenwürmern. Das ärgerte die Seidenwürmer, denn sie brauchten ihre Fäden, um Kokons zu spinnen.

„Geh weg!" schrien sie – so laut Seidenwürmer eben schreien können.

Doch der Vogel schimpfte: „Schreit mich nicht so an, ihr dummen Würmer, sonst fresse ich euch auf!" Da erschraken die Seidenwürmer und verkrochen sich in dunkle Löcher.

„Wie soll ich jetzt mein Nest fertig kriegen?" ärgerte sich der Schneidervogel. Dann fiel ihm eine große Spinne ein, die sich ein großes Netz gewebt hatte.

Die Spinne saß in ihrem Netz, als der Schneidervogel kam und einen Faden lospickte.

„He du!" schrie die Spinne – so laut eine Spinne eben schreien kann.

„Schrei mich nicht an, du eklige Spinne, sonst fresse ich dich auf!" schimpfte der Vogel. Da wurde die Spinne bange, lief weg und webte sich ein neues Netz an einer Stelle, die der Vogel nicht finden konnte.

Mit den Fäden des alten Netzes nähte der Schneidervogel sein Nest fertig. Er polsterte es mit den flockigen Samenfäden einer Hülsenpflanze. Nun konnte er wohl mit dem Eierlegen anfangen? Nein, etwas fehlte ihm noch.

„Ich brauche ein paar Haare zu einem richtig weichen Bett für meine Kinder", sagte er. Suchend flog er umher, bis er einen schlafenden Orang-Utan in einem Baum entdeckte. Pink! Der freche Schneidervogel zog dem großen Affen ein Haar aus dem Kopf.

„Jiiik!" schrie der Orang-Utan, streckte blitzschnell seinen langen Arm aus und fing den Schneidervogel.

„Uhuhuhuhuhu!" schluchzte der freche Schneidervogel. „Meine armen Kinder!"

„Wieso?" fragte der große Affe verwirrt. „Du hast doch noch gar keine Kinder!"

„Natürlich nicht", sagte der Vogel schnippisch. „Wie kann ich Kinder haben, bevor mein Nest fertig ist? Und wenn du mich nicht losläßt, wird mein Nest nie fertig!"

Die Antwort verwirrte den Orang-Utan so, daß er den Schneidervogel losließ. Der flog rasch davon und brachte das Haar in sein Nest.

Ja, in Borneo behältst du besser deinen Hut auf dem Kopf – der freche Schneidervogel kriegt es fertig und reißt dir ein Haar aus!

Ochsenpicker, kommt zurück!

Vor langer Zeit wurden in einem Dorf in Afrika in Mali alle Rinder furchtbar von Zecken geplagt. Diese kleinen Insekten fressen sich in die Haut der Tiere und setzen ihnen furchtbar zu. Die Bauern wußten sich nicht mehr zu helfen.

„Was können wir tun?" riefen sie. „Was haben wir verbrochen, daß unser Vieh so gequält wird?" „Ihr habt die Ochsenpicker vertrieben!" sagte eine alte weise Frau. „Das hättet ihr nicht tun dürfen.'

„Aber sie haben in unseren Dächern genistet!" erwiderten die Männer. Sie hatten die Vögel im vorigen Jahr verjagt, weil sie beim Nestbau immer Löcher in ihre Strohdächer machten. Als sie hörten, was die alte weise Frau sagte, gingen sie vors Dorf und riefen übers Land: „Ochsenpicker, kommt zurück! Wir brauchen eure Hilfe! Ihr dürft auch in unseren Dächern nisten. Wir werden euch nicht wieder verjagen!" Da kamen die Ochsenpicker aus allen Richtungen angeflogen. Sie bauten ihre Nester in den Dächern, und sie befreiten die Rinder von den Zecken.

Wie machten sie das? Nun, woher haben sie denn ihren Namen? Sie setzen sich den Rindern aufs Fell und picken die Zecken heraus, denn von ihnen ernähren sie sich.

Nun sind alle im Dorf zufrieden – ausgenommen natürlich die Zecken.

MALTA

Der tapfere Ritter

Malta ist eine kleine Insel im Mittelmeer. Vor Jahrhunderten gehörte sie den Rittern des Heiligen Johannes. Die besaßen dort prächtige Häuser und Paläste, Kirchen und Krankenhäuser.

In jenen Tagen gab es aber auch böse Seeräuber, die mit ihren Schiffen vor der Insel kreuzten. Listig lauerten sie, bis die Ritter zu einem Kreuzzug aufbrachen. Dann landeten sie und plünderten die Burgen und Paläste.

Nun war einmal ein Ritter auf der Insel zurückgeblieben. Er war sehr jung, fast noch ein Kind, man nannte ihn Jung-Royston. Als die Seeräuber anlegten, war er gerade auf der entgegengesetzten Seite der Insel. Ein erschrockener Bauer überbrachte ihm die Nachricht.

„Kruzitürken", schrie er, sprang auf sein großes Roß und ritt los. Als er an der Küste ankam,

kletterten die Seeräuber gerade mit allem, was sie gestohlen hatten, die Klippen hinab. Unten lag ihr Schiff.

Griff der tapfere Jung-Royston die Bösewichter nun an, obwohl sie in der Überzahl waren? Nein, er tat etwas viel Klügeres. Er stieß einen großen Felsbrocken vom Kliff in die See. Rumms! der Felsbrocken durchschlug das Deck und den Boden des Schiffes. Gurgelnd füllte sich das Schiff mit Salzwasser und sank in die Tiefe. An der steilen Klippe hingen die Seeräuber und wußten nicht wohin.

Nach unten konnten sie nicht, dort war nichts als die tiefe See; nach oben konnten sie auch nicht, da stand Jung-Royston mit seiner glänzenden Rüstung, seiner Lanze und dem Schwert. Jung-Royston ließ sie heraufkommen, immer einen Räuber zur Zeit, der sofort von den Dorfbewohnern gefesselt wurde.

Alles, was sie gestohlen hatten, wurde an seinen Platz zurückgebracht. Die Seeräuber aber kamen alle ins Gefängnis. Sie begriffen, daß sie den klugen Jung-Royston nicht überlisten konnten.

MAURETANIEN

Farid hat eine Straußenfarm

Das Land Mauretanien liegt in Afrika. Der größte Teil des Landes ist Wüste – es regnet dort gar nicht. Nur im südlichen Zipfel, an den Ufern des Senegal-Flusses, ist das Land fruchtbar.

Dort hatte Farid einen kleinen Acker, den er sorgfältig bestellte. Als er sein Feld eines Tages ansah, seufzte er: „Wenn ich doch nur mehr Land hätte!"

Das hörte ein Fremder, der vorüberging. Er lachte und sagte zu Farid: „Mein Land ist fünfhundertmal größer als deins. Trotzdem würde ich mit dir tauschen."

Farid war besessen von dem Wunsch nach mehr Land. Er willigte ein, ohne weiter zu fragen. Mit einem Handschlag wurde der Tausch besiegelt. Armer Farid!

Er machte sich gleich auf den Weg, um sein neues Land zu sehen. O weh, war das eine Enttäuschung: es war nichts als ein Stück Wüste! Alles, was dort wuchs, waren einige Grashalme und ein paar Dattelpalmen in der Nähe einer winzigen Wasserstelle. Keine Tiere ließen sich sehen, nur ein paar Strauße lebten in der Nähe. Nun sah Farid ein, daß er in seiner Gier dumm und voreilig gehandelt hatte – hier konnte niemals etwas wachsen. Und er hatte sein schönes, fruchtbares Feld weggegeben! Aber dann kam ihm eine Idee. Er baute sich unter den Palmen ein kleines Haus und freundete sich mit den Straußen an. Das ist gar nicht so einfach, denn diese großen Vögel sind scheu und können sehr schnell laufen. Aber Farid versuchte auch nicht, sie einzufangen. Er legte ihnen glänzende Steine hin, damit lockte er sie an. Strauße fressen nämlich gern Steine, weil sie die Nahrung in ihrem Magen zerreiben, aber besonders gern verschlingen sie glänzende Sachen.

So freundete er sich mit den Straußen an. Er hatte vor, ihre schönen weißen Federn aus Flügeln und Schwänzen zu verkaufen, weil sie als Schmuck für Hüte gut bezahlt werden.

Bald kannten die Strauße Farid so gut, daß sie es sich gefallen ließen, wenn er ihnen die Federn auszog. Er war dabei ganz vorsichtig, niemals zog er eine Feder heraus, bevor nicht die neue Feder zu sehen war.

All diese schönen Federn brachte er in die Stadt und bekam viel Geld dafür. Schließlich hatte er die beste Straußenfarm in ganz Mauretanien, und so hatte der Tausch sich für ihn doch noch gelohnt.

MEXIKO

Der Erdkuckuck

Maria lebte in Mexiko. In der Schule war sie die beste im Sport; vor allem im Wettlauf war kein anderer schneller als sie.

„Du bist eine großartige Läuferin, Maria", sagte ihr Lehrer. „Aber du müßtest mehr üben. Dann kannst du beim nächsten Sportfest auch die Läufer der anderen Schulen schlagen." Das wollte Maria natürlich sehr gern, und sie übte nun, so oft es nur ging. Schon morgens rannte sie im Dauerlauf von ihrem Dorf zur Schule in die Stadt. Auf dem Heimweg am Nachmittag lief sie wieder, so schnell sie nur konnte. Eines Tages, als sie wieder nach Hause rannte, fragte sie sich: „Wie kann ich allein Schnelllauf üben? Ich kann mich ja mit keinem vergleichen!"

„Das wollen wir doch sehen!" krächzte ein Erdkuckuck – in Amerika heißt er Roadrunner, also Straßenrenner. Er hüpfte hinter einem Busch hervor. „Ich laufe mit dir um die Wette!" Dieser Vogel, ein großer Verwandter unseres Kuckucks, kann nur schlecht fliegen, dafür aber phantastisch rennen!

„O ja, wir laufen um die Wette!" rief Maria. Sie verschwand in einer Staubwolke. Hinter ihr, in einer kleineren Staubwolke, lief der Erdkuckuck.

Sie liefen bis vor Marias Haus. Der Erdkuckuck war schneller. „Das macht nichts", sagte Maria. „Vielleicht gewinne ich morgen."

Sie liefen nun jeden Tag um die Wette, aber der Erdkuckuck war immer zuerst am Ziel. Maria machte sich nichts daraus. Wenn sie es auch mit dem Erdkuckuck nicht aufnehmen konnte, sie war überzeugt, daß sie schneller war als alle Mädchen der anderen Schule. Und das war sie tatsächlich!

Der Zauberteppich

Der Zauberteppich flog an der französischen Mittelmeerküste entlang. Fatima und Samsusakir hielten Ausschau nach dem Fürstentum Monako. Husch – waren sie vorüber.

„Dreh um!" rief Fatima dem Teppich zu. „Wir sind schon vorüber!"

Der Teppich gehorchte und kreiste niedrig und langsam über dem Ländchen.

Sie überflogen einen großen Felsen, der hoch aus dem Meer ragte. Dort stand der Palast des Fürsten von Monako.

Samsusakir beobachtete das Meer. „Sieh mal, ein Boot in Seenot!" rief er Fatima zu. Ohne einen Befehl abzuwarten, kehrte der Zauberteppich um und ging ziemlich tief aufs Meer hinunter. In einem alten, lecken Ruderboot saß ein Junge. Das Boot war schon fast voll Wasser; er bemühte sich mit aller Kraft, es leerzuschöpfen. Aber er schaffte es nicht, das Boot begann zu sinken.

Samsusakir warf dem Jungen ein Ende seines langen, persischen Schals zu. „Faß an", rief er ihm zu. „Wir schleppen dich an den Strand!"

Der Junge ergriff den Schal, den Samsusakir festhielt, und Fatima steuerte den Teppich auf die Küste zu. Fast hatten sie die Küste erreicht, als der Kahn zu sinken begann.

„Nicht loslassen!" rief Samsusakir dem Jungen noch einmal zu. Der schwebte in der Luft wie ein Trapezkünstler!

Der Teppich mit Fatima und Samsusakir landete vorsichtig und setzte auch den Jungen sanft auf den Sand.

„Ihr habt mich gerettet!" rief der Junge. „Ihr könnt wohl zaubern?"

„Nein", sagte Fatima; „aber wir haben einen Zauberteppich."

„O wie schade", sagte der Junge. „Und ich dachte, ihr könntet meinen alten Kahn auch noch retten."

Der Zauberteppich begriff sofort, was der Junge wollte. Ohne weiteres erhob er sich mit den Kindern, die auf ihm saßen, und flog an die Stelle, wo das Boot gesunken war.

Dort senkte er sich so weit hinunter, daß die Kinder das Boot heraufholen konnten. Nun brachten sie das leere Boot an den Strand.

Der Junge betrachtete traurig das Leck in seinem Boot. „Wie komme ich damit nur nach Hause?" fragte er kläglich. „Das schafft der Teppich auch noch!" sagte Fatima. Die Kinder zogen das Boot auf den Teppich, setzten sich dazu, und tatsächlich – es ging gut.

Der Junge war sehr froh, Fatima und Samsusakir aber bewunderten ihren Teppich; sie streichelten ihn und lobten ihn über alle Maßen, und er strahlte und seine Farben glänzten vor Freude. Und dann flogen sie weiter, neuen Abenteuern entgegen.

Die kleinen Wildpferde

Vor langer, langer Zeit erließ ein Prinz der fernen Mongolei ein Gesetz über die Tiere. Darin stand: „Ein Pferd ist soviel wert wie ein Ochse, wie ein Yak, soviel wie ein halbes Kamel, wie sieben Schafe oder wie vierzehn Ziegen!" Da sprang ein kleines Pferd auf. „Ich bin mehr wert als ein halbes Kamel! Ich bin ganz allein soviel wert wie ein ganzes Kamel!" rief es stolz aus.

Ochsen, Yaks, Schafe und Ziegen lachten über das wütende Pferd. Die großen Kamele schnauften verächtlich. Der Prinz befahl seinen Soldaten, dem Pferdchen für seine Kühnheit den Kopf abzuschlagen.

Aber das Pferd trat gegen das Zelt des Prinzen und lief so schnell weg, daß selbst die langbeinigen Kamele es nicht einfangen konnten. Es rannte in den entferntesten Winkel der Mongolei. Unterwegs erzählte es allen Pferden von dem neuen Gesetz, und sie liefen alle mit. Der Prinz ließ die Pferde suchen, aber seine Leute konnten sie nicht finden. Die Pferde liefen in den äußersten Winkel der Mongolei, und da leben sie heute noch.

Die entsprungene Lokomotive

Es war einmal eine kleine Lokomotive. Während sie aus vielen kleinen Teilen zusammengebaut wurde, wartete sie ungeduldig darauf, die Welt zu sehen. Und als nun ihr Kessel angeheizt war, zitterte sie vor Erwartung.

Die Eisenbahnstrecke in Mosambik war ganz neu, die kleine Lok war die erste, die darauf fuhr. Als nun der Lokführer aufgestiegen war, ging es endlich los. Sie rollten durch Orangenhaine und Wälder, sie dampften über Berge und Zuckerrohrfelder.

Die kleine Lokomotive konnte gar nicht genug bekommen, so schön fand sie das Land. Sie konnte die Rückfahrt kaum abwarten. Bei jeder Fahrt war sie wieder von neuem begeistert.

So ging das eine ganze Zeit, aber schließlich wurde die Strecke ihr langweilig.

„Ich möchte mal etwas anderes sehen!" sagte sie zum Lokführer. „Wir wollen zum Njassa-See fahren."

Der Lokomotivführer lachte: „Das ist ganz unmöglich! Dahin führt unsere Strecke nicht." Aber der Lok war das ganz gleichgültig.

„Ich kann auch ohne Schienen fahren!" sagte sie. Der Lokführer lachte nur; doch als er

Die erschreckten Stare

Herr und Frau Fenzar wohnten in einem Dorf in Marokko. Sie besaßen einige Feigenbäume. Eines Tages stand Herr Fenzar lange vor Sonnenaufgang auf. Er wollte eben das Haus verlassen, als Frau Fenzar ihn anhielt: „Meine Küchendecke hat einen großen Riß, wenn sie heute nicht repariert wird, fällt sie herunter!"

„Tut mir leid", sagte Herr Fenzar. „Heute hab ich keine Zeit! Heute muß ich meine Feigen pflücken, sonst fressen die Stare sie alle auf!" und er ging schnell in den Garten.

Als Frau Fenzar später das Mittagessen kochte, kam mit großem Krach die Decke herunter. Sie fiel ihr auf den Kopf, und sie fiel in den Kochtopf und verdarb das Essen. Frau Fenzar brach in Tränen aus. Sie war sehr ärgerlich und warf den Topf mit dem verdorbenen Essen vor die Tür.

Sobald die Stare das Essen sahen, kamen die ... igeflogen und wollten es aufpicken. Die einen kriegten nun Kreideklumpen in den Schnabel, die andern verbrannten sich die Zunge am heißen Essen.

„Gah, gah!" schrien sie und flogen entsetzt in den Garten.

Dort pickten sie an den reifen Feigen und lachten Herrn Fenzar aus. Wie er auch schimpfte und was er auch tat, er konnte die gefräßigen Vögel nicht verjagen.

Plötzlich kamen ihre Brüder angesaust:

„Fliegt! Fliegt um euer Leben!" schrien sie. „Eine Zauberin will uns verderben! Fliegt weg, bevor sie uns alle verbrennt und erstickt!" Die Stare flogen aufgeregt davon. Herr Fenzar freute sich, daß sie weg waren. „Meine Feigen sind gerettet!" sagte er.

Dann ging er ins Haus und fand Frau Fenzar in dicken Staub gehüllt – sie weinte. Er trocknete ihre Tränen und staubte sie ab. Nun waren alle vergnügt, ausgenommen die Stare, die nie wiederkamen.

sie eines Tages allein auf der Station zurückließ, machte sie sich auf den Weg. Sie sprang einfach aus den Gleisen und rollte in den Wald. Sie wollte zum Njassa-See!

Aber hier lagen vor ihr keine schimmernden Gleise, die ihr den Weg zeigten. Die kleine Lok verirrte sich, und das Feuer ging aus. Zum Glück war der Lokführer ihr gefolgt. Er schimpfte mit ihr, doch dann machte er wieder Feuer unter ihrem Kessel und fuhr sie zurück.

Seitdem versucht die Lok nicht mehr auszubrechen, sie bleibt schön auf ihren Schienen. Aber immer noch denkt sie sehnsüchtig an den Njassa-See.

MASKAT UND OMAN

Der Sultan und die Sonne

Vor langer, langer Zeit regierte ein böser Sultan im sonnigen Königreich Maskat und Oman. Dieser böse Sultan war sehr eitel, aber er war auch dumm. Er war der Meinung, die Sonne schiene nur auf seinen Befehl.

Jeden Morgen erhob er sich aus seinem Bett, bevor die Sonne aufgegangen war. Seine Sklaven und Diener näherten sich ihm auf den Knien mit vielen Verbeugungen. Sie verbeugten sich so tief, daß ihre Stirn den Boden berührte. Davon hatten alle Kopfweh und große Beulen an der Stirn.

Wenn die Sklaven und Diener sich viele Male verbeugt hatten und wenn ihre Stirn oft den

Boden berührt hatte, ging der Sultan auf seinen Balkon und setzte sich auf einen großen Thron. Dann sagte er: „Sonne, jetzt darfst du aufgehen und meine Größe mit deinem Glanz bescheinen! Aber wenn du auch groß und strahlend und wunderbar anzusehen bist, ich bin tausendmal größer als du!"

Natürlich ging die Sonne auf, aber nur, weil die Zeit für sie gekommen war.

Eines Morgens schlief der Sultan lange. Seine Sklaven und Diener fürchteten sich, ihn zu wecken, weil er immer sehr böse wurde, wenn man ihn im Schlaf störte. An diesem Tag ging die Sonne nun ohne die Erlaubnis des Sultans auf. Natürlich tat sie das auch an den andern Tagen, aber der eitle, dumme Sultan bildete sich ein, daß sie nur aufging, wenn er sie dazu aufforderte. Als der Sultan nun aufwachte und sah, daß die Sonne schon schien, platzte er fast vor Wut. „Wie kann sie sich unterstehen aufzugehen, bevor ich es erlaube?" rief er. Die Sklaven und Diener zitterten vor Furcht und schlugen ihre Stirn heftiger als sonst auf den Boden. Doch diesmal wurden sie nicht bestraft. Der Sultan sprang aus dem Bett und lief in seinem kostbaren, bunten Nachthemd auf den Balkon. „Zurück!" rief er der Sonne zu. „Verschwinde und warte, bis ich dich rufe!" Die Sonne schien und lachte.

„Grrriiik!" schrie der Sultan. Er war so wütend, wie noch niemals zuvor. „Wenn du nicht sofort verschwindest, sperre ich dich in den Kerker und laß dich nie wieder heraus!" Dummer Kerl! Die Sonne strahlte nur und lachte.

Er reckte sich, um die ungehorsame Sonne zu ergreifen und herunterzuholen, aber natürlich erreichte er sie nicht. Er erstieg das Balkongitter und reckte sich noch mehr. Doch er konnte sie nicht fassen. Das machte ihn noch viel wütender, als er schon war. Er sprang auf und ab, wie ein Gummiball, er sprang so hoch, daß er schließlich vom Balkon stürzte.

Mit gewaltigem Krach fiel er auf die Straße und war vollkommen zerschmettert. Niemand weinte ihm eine Träne nach, denn alle waren froh, daß sie den bösen Sultan los waren. Der neue Sultan war ein guter, freundlicher Mann. Er ließ die Gefangenen und Sklaven frei. Und strahlend schien die Sonne auf ein glückliches Land.

NEPAL

Wer ist der Größte in Nepal?

Das Land Nepal liegt am Himalaya, dem größten Gebirge der Welt. Dort lebte in einem Dschungel ein stolzer Tiger. Der glaubte, in ganz Nepal gebe es nichts Größeres als ihn. Eines Tages machte er sich auf, um es allen Leuten zu erzählen.

Er verließ den Dschungel und erstieg ein Gebirge, das der kleinere Himalaya genannt wird. Der Tiger dachte: „Nur Verrückte können dieses Gebirge klein nennen!" Denn das Steigen fiel ihm ziemlich schwer. Er kam auf eine große Ebene mit vielen Bauernhöfen.

„Ich bin der Größte in Nepal!" brüllte er. Niemand antwortete. Menschen und Tiere flohen, als sie den stolzen Tiger brüllen hörten. Als er höher ins Gebirge kam, in die Stadt Katmandu, brüllte er wieder laut und prahlte mit seiner Größe. Und wieder nahmen alle reißaus, bis auf einen tapferen Jungen. „Das stimmt nicht!" sagte er. „Der Größte in Nepal ist der Mount Everest! Er ist der höchste Berg der Welt!"

„Das muß ich sehen!" knurrte der Tiger. „Ich werde auf den Mount Everest steigen und beweisen, daß ich größer bin!" Und er machte sich auf den Weg.

Schon der kleinere Himalaya war ihm sehr hoch vorgekommen, aber als er nun zum Mount Everest hinaufstieg, merkte er bald, daß die anderen Berge wirklich kleiner waren. Er kletterte höher und höher – der Berg nahm kein Ende. Noch nie war ein Tiger so hoch gestiegen. Er stieg, bis er nicht einen Schritt weiter konnte. Noch immer war der Gipfel des Mount Everest hoch über ihm in den Wolken. Schließlich gab er auf.

„Ja, ich muß es zugeben: der Mount Everest ist der Größte in ganz Nepal", knurrte er. Und dann brüllte er laut: „Aber ich bin der größte Tiger in ganz Nepal!" Niemand antwortete ihm.

Und der größte Tiger in ganz Nepal kehrte um und ging nach Hause.

NIEDERLANDE

Haltet den Käse!

In den Niederlanden, nahe der Stadt Edam, werden runde Käse gemacht und mit rotem Wachs überzogen.

Eines Tages bat ein Bauer einen Kanalschiffer, ihn und einige Laib Käse mit in die Stadt zu nehmen. Sie luden den Käse auf den Lastkahn und fuhren ab. Unterwegs wollten sie frühstücken.

„Essen wir doch ein Stück Käse", sagte der Bauer und langte nach einem Laib Käse. Aber der Käse wollte nicht gegessen werden, er wollte gern so rund und rot bleiben, wie er war! Er sprang vom Kahn ans Ufer und rollte davon, so schnell er konnte.

„Hallo! Haltet den Käse!" schrie der Bauer und lief hinterher. „Ja, haltet ihn!" gröhlte

auch der Schiffer und lief hinter dem Bauern her. Und hinter den beiden lief der Hund des Schiffers und bellte fröhlich.

Aber der Käse rollte weiter, und er rollte in ein Feld, wo ein Mann und eine Frau gerade Tulpen pflückten. „Ein Käse!" kreischte die Frau, ließ ihre Tulpen fallen und lief hinter dem Käse her.

„Du sollst doch Tulpen pflücken, Frau!" jammerte der Gärtner und lief schimpfend hinter ihr her. Hinter ihm lief der Bauer und der Schiffer, und als Letzter kam der Hund und kläffte fröhlich.

Der Käse rollte, so schnell ein Käse nur rollen kann, und er rollte in die Stadt. Er rollte an einem Pferd vorbei, das bäumte sich auf und warf beinahe seinen Karren um. „Heh! Paß doch auf! Meine Kartoffeln!" schrie der Kutscher und lief hinter dem Käse her. Und hinter ihm kam die Gärtnersfrau, der Gärtner, der Bauer, der Schiffer und ganz zuletzt der Hund. Endlich war der Käse müde. Er kullerte gegen ein paar Beine und blieb liegen. Er konnte einfach nicht mehr weiterrollen! Und der Käse hatte Glück! Die Beine gehörten einem Mädchen, das Wilma hieß. Wilma hob ihn auf. Sie sah den Kutscher, die Gärtnersfrau, den Gärtner, den Bauern, den Schiffer und den Hund an. Die machten alle ein großes Geschrei.

„Seid doch ruhig!" rief Wilma. „Ihr solltet euch schämen, den armen Käse so zu jagen. Er ist ja ganz erschrocken!"

Ja, da wurden der Kutscher, die Gärtnersfrau, der Gärtner, der Bauer und der Schiffer ganz still, und sogar der Hund hörte auf zu bellen. Sie kehrten um und ließen Wilma den Käse. Wilma nahm ihn mit nach Hause und legte ihn auf die Fensterbank. Und wenn ihr einmal nach Edam kommt und seht dort einen runden, roten Käse aus dem Fenster gucken – dann wißt ihr ja, wie er dahingekommen ist!

Göttervögel

Die schönsten Vögel der Welt leben auf der Insel Neuguinea. Manche Leute nennen sie Paradies-Vögel, für die Inselbewohner aber heißen sie Göttervögel.

Früher kamen manchmal fremde Jäger auf die Insel; sie wollten die Vögel fangen und ihnen ihre schönen bunten Federn stehlen, denn es gibt dumme Leute, die ihre Hüte damit schmükken wollen.

Aber die Inselgötter lieben ihre Vögel, und von den Bergen blicken sie gern auf sie herab, wie sie herumfliegen und sich ihres Lebens freuen. Die Götter wurden böse auf die Jäger.

Als wieder einmal ein Jäger in den Wald gekommen war – husch! – fiel ein großes Netz von oben herunter – er war gefangen!

Eine laute Stimme rief:

„Federdieb! Wir befehlen:

Federn sollen dich sehr quälen!"

Und dann war das Netz wieder verschwunden. Der Jäger lief so schnell er konnte zum Strand zurück. Dort waren gerade noch mehr Jäger angekommen. Als sie ihn sahen, trauten sie ihren Augen nicht: er war über und über mit Federn bedeckt. Sie versuchten, ihm die Federn auszurupfen, doch die klebten sofort an ihren Fingern fest, stachen und kitzelten sie in der Nase, daß sie alle niesen mußten und nicht mehr aufhören konnten. Das war eine Quälerei! Sie stiegen niesend in ihre Boote und segelten davon. Und sie sind nie wiedergekommen.

NEUSEELAND

Der kluge Kiwi

Vor langer, langer Zeit waren die Inseln von Neuseeland ganz unbewohnt. Dann kamen die Maoris aus Polynesien und ließen sich auf der Nordinsel nieder.

Sie waren große Seefahrer. Mit ihren Auslegerbooten machten sie weite Reisen über den Pazifischen Ozean. Mit diesen Booten kamen ganze Familien – Väter, Mütter, Kinder und selbst Babys!

Als die Maoris die Nordinsel erreichten, waren sie sehr hungrig. Sie gingen auf die Jagd. Einer von ihnen fand einen Kiwi-Vogel. Dieses Geschöpf kam ihm seltsam vor. Der Maori hätte gern gewußt, ob man den Kiwi essen könnte. „Bist du ein Vogel?" fragte er. „Wenn ja, wo hast du deine Flügel? Einen Vogel ohne Flügel kann ich nicht essen!"

Nun, Kiwis haben Flügel, wenn sie auch nicht damit fliegen können, denn es sind nur kleine Stummelflügel. Wenn sie schlafen, stecken sie ihren Kopf unter die Flügel. Wenn sie herumlaufen, kann man ihre Flügel nicht sehen.

Aber der Kiwi war nicht dumm. Er wollte nicht gegessen werden, und so sagte er: „Flügel? Was ist denn das? Ich habe keine; du kannst mich nicht essen. Aber ich kann dir etwas zu essen zeigen." Er watschelte auf seinen kleinen, kurzen Beinen davon, und der Mann folgte ihm.

Sie kamen zu einigen Büschen, an denen viele Beeren reiften. Der Maori begann zu pflücken. Während er damit beschäftigt war, lief der Kiwi davon und versteckte sich im tiefen Wald. Der Maori sollte nicht sehen, daß er doch Flügel hatte.

Heute denkt kein Mensch mehr daran, die Kiwis zu jagen. Aber sie lassen es auch nicht darauf ankommen. Sie verstecken sich immer noch im tiefen Wald.

NICARAGUA

Die große Reise in die Stadt

Isabelle und Lucian lebten auf einem Bauernhof in Nicaragua, einem Land mitten in Mittelamerika.

Eines Tages sagte ihr Vater: „Ich will ein paar Schafe kaufen, ein paar ganz besondere Schafe. Dazu muß ich nach Chinandega fahren." „Bitte, nimm uns mit", bat Lucian. „Ich kann dir dabei helfen!"

„O ja, ich auch", sagte Isabelle. „Und wir sind alle beide noch nie in Chinandega gewesen!"

„Das ist wahr", sagte ihr Vater. „Und in Chinandega gibt es etwas, das ihr noch nie gesehen habt. Aber ich verrate euch nicht, was es ist. Es soll eine Überraschung sein."

Sie machten sich auf den Weg. Sie fuhren in ihrem Ochsenkarren, der zwei große, starke Holzräder hatte und von zwei großen, starken Ochsen gezogen wurde. Der Weg in die Stadt war lang, sie brauchten mehrere Tage dazu. Sie durchquerten Felder und Wälder und fuhren über viele Brücken. Lucian fragte seinen Vater: „Wohin fließen all die Flüsse?"

„Die meisten fließen in den Nicaragua-See", sagte sein Vater. „In diesen See münden 45 Flüsse, er ist so groß, daß man von einem Ufer das andere nicht sehen kann."

Am nächsten Tag fuhren sie durch Kaffeeplantagen, die sich bis zum Horizont erstreckten. Am darauffolgenden Tag durchquerten sie große Baumwollfelder. Die Baumwolle war gerade reif, sie hing an den Büschen wie Ballen weißer Wolle. Am Tag darauf sahen sie etwas ganz Neues: eine gerade blaue Linie, die aussah, als wenn sie der Rand der Welt wäre. Sie fragten: „Was ist das?"

„Wasser", antwortete ihr Vater.

„Der Nicaragua-See!" rief Isabella.

„Nein, nein", der Vater lachte. „Das ist die Überraschung, die ich euch versprochen habe. Es ist der Pazifische Ozean!"

Sie fuhren an die Küste. Als sie das weite, blaue Meer vor sich sahen, kamen sie sich sehr klein vor. Und manche Woge war tatsächlich größer als Isabella und Lucian zusammen.

Dann gingen sie in die Stadt und kauften sechs Schafe, sechs so schöne Schafe, wie sie noch nie welche gesehen hatten. Ihre Wolle war dick und glänzend, und sie hatten lustige, schwarze Gesichter.

Die Stadt gefiel ihnen sehr gut, aber sie waren doch froh, daß sie am nächsten Tag wieder nach Haus fahren konnten. Lucian lief hinter dem Karren her und trieb die Schafe voran. Schließlich waren sie wieder zu Hause. Die Schafe wurden auf eine schöne, grüne Weide getrieben, Isabella und Lucian paßten auf sie auf. Später wurden dann einige niedliche Lämmer geboren, und auch für diese sorgten die beiden Kinder.

Der verlorene Bruder

Im Norden des Landes Nigeria liegt die Stadt Kano. Das ist der Treffpunkt der Kamelkarawanen auf ihrer langen Reise durch Afrika. Hier waren die beiden Brüder Hassan und Ali geboren, und hier waren sie aufgewachsen. Sie spielten zusammen unter den Palmen und im Schatten der Lehmwälle. Aber am liebsten waren sie auf dem Rastplatz der Karawanen. Diese Karawanen mit ihren langbeinigen Kamelen, mit geheimnisvollen Gütern beladen, waren für sie das schönste auf der Welt. Zu gern wollten sie mit ihnen durch das Land ziehen. Und eines Tages, als sie fast erwachsen waren, taten sie das auch. Sie schlossen sich einer Karawane an, die unterwegs war zu geheimnisvollen Ländern.

Doch schon auf ihrer ersten Reise gerieten sie in der Wüste in einen heftigen Sandsturm. Die Luft war so voll Sand, daß die Reiter nicht den Kopf ihrer Kamele sehen konnten. Die Karawane mußte anhalten. Alle krochen dicht zusammen. Der Sturm war aber so grausam, daß er ein Kamel hinwegfegte, und mit ihm verschwand Ali.

Sie suchten und suchten, fanden ihn aber nicht. Hassan grämte sich so um seinen Bruder, daß ihm fast das Herz brach. Jahrelang reiste Hassan mit seiner Karawane kreuz und quer durch Afrika. Eines Tages kamen sie wieder in seine Geburtsstadt Kano. Dort trafen sie eine andere Karawane. Hassan hob die Hand und grüßte den Karawanenführer: „Sei gegrüßt, Bruder!"

Der Fremde hob ebenfalls die Hund und sagte: „Sei gegrüßt..." und dann schrie er: „Bruder!" Es war sein Bruder Ali! Beide sprangen von ihren Kamelen und fielen sich in die Arme.

Dann erzählte Ali seine Geschichte. Er war, im Sturm umherirrend, von einer anderen Karawane aufgefunden, die nach Norden unterwegs war, durch die große Sahara-Wüste. Und erst jetzt, nach langen Jahren des Umherziehens, war er wieder in seine Geburtsstadt Kano gekommen.

Von nun an reisten die Brüder gemeinsam durch die Welt und trennten sich nie mehr.

Mißglückter Fischfang

Als Fatima und Samsusakir mit ihrem Zauberteppich nach Norwegen kamen, sahen sie eine Reihe von Fischerbooten. „Laß uns doch auch mal fischen!" sagte Samsu, der das sehr gern tat. Fatima ließ den Teppich in der Luft schweben, während Samsu fischte. Es sah sehr seltsam aus, wie sie auf ihrem bunten Teppich über dem Wasser schwebten.

Plötzlich zog Samsusakir einen Fisch aus dem Wasser. Der zappelte und schlug um sich, und der Teppich wurde unruhig, denn er mochte nicht gern einen nassen Fisch auf sich liegen haben. Plötzlich – so ein Pech! – wurde der Teppich von einer Welle erfaßt und begann zu sinken.

„Hilfe!" riefen sie. Der Teppich war so naß geworden, daß er nicht mehr fliegen konnte. Fischer waren in der Nähe. Sie warfen ein Netz aus und holten die Kinder heil und gesund an Bord. Sie gaben ihnen trockene Kleider und hingen den Teppich zum Trocknen an den Mast.

Fatima und Samsusakir bedankten sich bei den Fischern. Sie bürsteten den Teppich und reinigten ihn von Fischschuppen und Salzwasser.

Nie wieder wollten sie von ihrem Zauberteppich aus Fische fangen!

Die Flutwelle

Die Pazifischen Inseln sind wie Konfetti über den weiten Ozean verstreut, es gibt Tausende davon. Die „Susanne" war ein Handelsschiff, das die Inseln mit Waren und Neuigkeiten versorgte.

Eines Tages, sie fuhr gerade zu einer kleinen Insel, sah sie, daß alle Inselbewohner in ihren Kanus so schnell sie konnten ihre Insel verließen.

Der Kapitän der „Susanne" rief ihnen zu: „Hallo! Was gib's denn? Stimmt was nicht?"

Ganz aufgeregt erwiderte der Häuptling: „Wir wissen nichts Genaues, aber irgend etwas ist los. Als wir heute morgen wach wurden, waren wir alle sehr bange. Wir wollen die Insel verlassen!"

Der Kapitän war nicht bange. Er dampfte zur Insel und wollte sehen, was dort los war. Die ängstlichen Insulaner aber ruderten schnell davon. Als der Kapitän sich der Küste näherte, sah die Insel sehr friedlich aus. Er konnte nichts entdecken, was nicht in Ordnung war. Aber auch er fühlte, daß ein Unheil in der Luft lag. Und wie die Insulaner, so erschrak auch der Kapitän. Er folgte den Kanus und nahm die Insulaner an Bord. Dann dampfte er davon, so schnell die „Susanne" konnte.

Ganz plötzlich kam eine riesige Welle, höher noch als die Mastspitzen der „Susanne". Es war eine Flutwelle! Sie stürzte sich auf die „Susanne", fiel brüllend über sie her und hätte sie fast unter sich begraben. Aber das Schiff schoß steil hinauf auf den Kamm der Woge, bis ihr Bug in den Himmel ragte. Und dann glitt sie auf dem Rücken der Flutwelle wieder in ruhiges Wasser. Bald war die Flutwelle weit entfernt, und das Schiff war in Sicherheit.

Nun fuhren sie zur Insel zurück. Die Flutwelle hatte alles weggeschwemmt, was nicht niet- und nagelfest war: kein Haus stand mehr da. „Wir hatten recht, uns zu fürchten!" sagten die Insulaner. Aber es bleibt ein Geheimnis, woher ihnen diese Furcht gekommen war, denn niemand hatte etwas von der Flutwelle gewußt.

Das geteilte Land

Kazi lebte auf einem Bauernhof in Ost-Pakistan. Dort wurde Reis angepflanzt. Mit vielen Flußarmen durchfließt der Ganges das flache Land. Das Land ist so feucht, daß die Bewohner ihre Bambushütten auf Pfählen errichten, damit ihnen das Wasser nicht in die Küche läuft.

Kazis Eltern wollten lieber in einer trockenen Gegend leben. Sein Vater zog los und wollte nach einem anderen Hof suchen. Nach einiger Zeit schrieb er an Kazi und seine Mutter, sie sollten nach West-Pakistan kommen.

Pakistan ist nämlich ein geteiltes Land; der eine Teil liegt östlich, der andere westlich von Indien. Am einfachsten kommt man mit dem Flugzeug von Ost- nach West-Pakistan. Kazi und seine Mutter stiegen also zum erstenmal in ihrem Leben in ein Flugzeug. Der Vater erwartete sie am Flughafen. Sie mußten noch einen langen Weg zurücklegen, denn der neue Hof lag in den nördlichen Bergen. Schließlich kamen sie in das Tal des Swat-Flusses, und Kazis Vater zeigte ihnen stolz den neuen Hof. Er lag an einem steilen Hügel. Der Hang war so steil, daß die Felder in Terrassen übereinanderlagen, die wie große Stufen den Berg hinaufführten. Nun, das war ein großer Unterschied zu ihrem früheren Hof! Natürlich war es auf dem Berg nicht feucht. Sie hatten ein Haus aus Stein, das nicht auf Pfählen stand. Und sie pflanzten hier keinen Reis, sondern Weizen.

Kazi freute sich, daß er nun auch den anderen Teil Pakistans kennenlernte.

Der scheue Tapir

Im tiefen, einsamen Dschungel Panamas lebte ein Tapir. Ein Tapir ist ein merkwürdiges Tier, er sieht ein bißchen wie ein Pferd und ein bißchen wie ein Schwein aus. Er ist etwa zwei Meter lang und hat einen kleinen Rüssel, ähnlich wie ein Elefantenrüssel, nur viel kürzer.

Der Tapir war sehr scheu und liebte seine Einsamkeit. Er versteckte sich im Dschungel und machte kein Geräusch. Er kam nur heraus, um Blätter und Früchte zu suchen, von denen er sich ernährte. Doch von Zeit zu Zeit ging er zu einem Salzsee, um am Ufer Salz zu lecken. Dort traf er meistens auch andere Tiere, und das mochte er gar nicht. Aber auch er brauchte Salz, um gesund zu bleiben, genau wie sie.

Eines Tages schlich er sich, ängstlich und nervös, zum Seeufer. Er hielt öfter an, blickte um sich und horchte, aber er sah und hörte nichts. So kam er an das Ufer des Sees.

Nun saß über ihm in einem Baum ein Affe, der schlief. Er hatte seine Familie verloren und war tagelang ganz allein herumgelaufen.

Das Schmatzen des Tapirs, der sich das Salz schmecken ließ, weckte ihn. Solch ein seltsames Tier hatte er noch nie gesehen, aber es schien nett und freundlich zu sein. Der Affe wollte sich mit ihm anfreunden; er sprang hinunter und landete auf dem Rücken des Tapirs. Uff! Der Tapir war sehr erschrocken, er fiel beinahe um. Dann rannte er los, so schnell seine Beine ihn tragen wollten. Er lief so schnell, daß der Affe nicht abspringen mochte, sondern sich ängstlich an seinen Rücken klammerte.

Platsch! – der Tapir sprang in den See. Er begann zu schwimmen, und immer noch saß der Affe auf seinem Rücken. Allmählich verlor das Äffchen seine Angst. Es machte ihm Spaß, so auf dem Wasser umherzurudern. Der Tapir schwamm lange. Als er müde wurde und an Land ging, sprang der Affe herunter und kletterte auf einen Baum. Er riß einige Bananen ab und warf sie dem Tapir hinunter. Zuerst versteckte der sich in einem Busch. Aber schließlich kam er heraus und aß eine Banane. Dann aß er noch eine, und der Affe futterte oben auf dem Baum.

Nun ist der Tapir nicht mehr so scheu. Er hat mit dem Affen Freundschaft geschlossen. Der Affe wirft ihm Früchte vom Baum herunter. Und der Tapir nimmt ihn jeden Tag beim Schwimmen auf den Rücken.

PARAGUAY

Das Gürteltier spielt Fußball

In Paraguay, in der Mitte Südamerikas, liegt der Gran Chaco, eine feuchte Hügellandschaft. Hier lebte das Gürteltier Arturo. Arturo war über und über gepanzert. Doch sein Panzer war so biegsam, daß er sich zu einem Ball zusammenrollen konnte.

Arturo lebte in einer Höhle. Er kam immer nur nachts heraus, um sich Futter zu suchen. Aber eines Tages hörte er schwere Fußtritte, die über ihm hin und her stapften. Er lugte aus seinem Bau, da sah er mehrere Männer. Sie brachten viele Steine, Bretter und Werkzeug. Heimlich sah Arturo ihnen stundenlang zu, denn so etwas hatte er noch nie gesehen: sie bauten ein Haus! Es war ein großes Haus, und als es fertig war, zogen die Männer mit ihren Familien ein. Dann gruben sie das Land um und bepflanzten es. Aber den größten Teil des Graslandes überließen sie ihren Tieren. Hunderte von Rindern weideten darauf. Und Arturo wohnte nun mitten auf einem neuen Bauernhof.

Das gefiel ihm sehr. Es gab da soviel Neues zu sehen – er guckte sich fast die Augen aus. Niemand bemerkte ihn, denn er saß immer ruhig in seiner Höhle.

Am liebsten sah er zu, wenn die Männer und die Jungen am Abend Fußball spielten. Er wurde ein richtiger Fußballfan! Wie freute er sich, wenn einer ein Tor schoß!

Eines Tages rollte der Fußball, von einem Jungen geschossen, direkt vor Arturos Höhle. Da vergaß er alle Angst, der Fußball interessierte ihn zu sehr. Er kam aus seinem Bau heraus und gab dem Ball einen Stoß. „Das macht Spaß!" dachte er. Aber, o Schreck, Arturo hatte lange, scharfe Klauen, und als er den Ball damit anstieß, riß er ein großes Loch hinein. Hissss – die ganze Luft kam herausgezischt. Der Junge kam angerannt, darum zog sich Arturo in seine Höhle zurück. Als er herausguckte sah er, wie der Junge den Fußball im Arm hielt und weinte. „Der ist hin! Nun können wir nicht mehr Fußball spielen!" rief er.

„Daran bin ich schuld", sagte sich Arturo. „Ich wollte, ich könnte ihn wieder heilmachen." Da kam ihm eine feine Idee. Er rollte sich zu einem Ball zusammen und kullerte aus seinem Bau, dem Jungen genau vor die Füße.

„Seht mal!" rief der Junge. „Hier ist ein Gürteltier, das Fußball spielen will."

Er hatte recht. Arturo wollte gern mitspielen, und sei es auch als Fußball. Der Junge stieß das eingerollte Gürteltier mit dem Fuß an, und Arturo rollte über das Gras. Da alle mit nackten Füßen spielten und er von seinem Panzer geschützt war, tat ihm niemand weh. Sie spielten Fußball mit Arturo, und alle hatten viel Spaß daran.

Den größten Spaß aber hatte Arturo, das Gürteltier.

PERU

Warum Kolibris summen

Vor langer Zeit konnten die Kolibris wunderschön singen. Ihr Federkleid war aber nicht so schillernd wie heute, sondern recht unscheinbar. Sie stritten sich, wer von ihnen am besten singen könnte. Um das herauszufinden, veranstalteten sie ein Wettsingen in Peru. Die anderen Vögel sollten die Schiedsrichter sein.

Als sie sich alle versammelt hatten, war die ganze Luft voller Musik. Dann sang jeder Kolibri einzeln sein Lied, und die Preisrichter sollten sagen, wer am besten gesungen hatte. Aber die konnten sich nicht entscheiden; alle Lieder waren schön gewesen. Sie erklärten alle 321 Kolibris für die besten Sänger.

Die Kolibris gaben nun zusammen ein Konzert – es war herrlich anzuhören! Noch nie hatte man so etwas gehört! Die 321 Kolibris trillerten, zwitscherten und jubelten so laut, bis sie ganz heiser waren. Auch am nächsten Tag konnten sie keinen Ton mehr hervorbringen – sie hatten ihre Stimme verloren! Da waren die Kolibris sehr traurig und mußten weinen. Und die anderen Vögel weinten mit ihnen.

Der Pfau überlegte sich, wie man die armen Kolibris trösten könnte. „Ich will euch etwas von meinem schönsten Blau abgeben!" sagte er. „Das ist eine gute Idee!" sagten die anderen Vögel. Und nun gab jeder etwas her. Sie gaben den traurigen Vögeln Schönheit, Schnelligkeit, Kraft, Glanz und Fröhlichkeit.

Die Kolibris waren nun die schönsten Vögel der Welt. Voller Dankbarkeit erhoben sie sich in die Luft, schossen auf und nieder, hin und her, und schwebten dann langsam wieder herunter. Ihre Flügel bewegten sich so schnell, daß man sie nicht sehen konnte; aber man konnte sie hören.

Und so ist es noch heute. Wenn ein Kolibri fliegt, summen und schwirren seine Flügel – es ist ein fröhliches Geräusch. Die Kolibris singen mit ihren Flügeln!

PHILIPPINEN

Die riesige Yam-Wurzel

Die Philippinen sind eine Inselgruppe im Stillen Ozean. Die Leute dort ernähren sich hauptsächlich von Yam-Wurzeln.

Nun wuchs in einer Stadt auf einer der Inseln die größte Yam-Pflanze der Welt. Sie wuchs im Garten von Frau Mapa, und ihr Laub bedeckte das ganze Haus. Alle kamen, um das zu sehen, und zerbrachen sich den Kopf darüber, wie groß die Wurzel wohl wäre.

Eines Tages sagte Frau Mapa zu ihren Freunden: „Heute will ich den Yam ausgraben. Und abends wollen wir dann Yam essen, soviel wir mögen: gebraten, gekocht, als Mus, scharf gewürzt oder sauer, kalt oder heiß!"

Da leckten sich alle die Lippen, Frau Mapa aber fing an zu graben. Nach einer Stunde hatte sie die Wurzel immer noch nicht ausgegraben. Als ihre hungrigen Freunde am Abend kamen, sahen sie im Garten eine tiefe Grube; unten in der Grube stand Frau Mapa neben der größten Yam-Wurzel der Welt! Sie holten sie mit einem dicken Strick herauf und zogen dann mit großer Mühe auch die Yam-Wurzel nach oben – sie war fast so groß wie das Haus!

Nach dieser schweren Arbeit waren sie hungrig und schnitten sich ein ordentliches Stück von der Yam-Wurzel ab. Das wurde auf sieben verschiedene Arten zubereitet, und dann aßen alle, bis sie nicht mehr konnten.

Die Lawine

Es war Winter, als Fatima und Samsusakir auf ihrem Zauberteppich nach Polen kamen. Schnee lag auf dem Land, und Schneeflocken wirbelten durch die Luft. Es war sehr, sehr kalt. Sie hatten ihre langen Mäntel an, trugen dicke Stiefel, warme Mützen und Fausthandschuhe. Sie flogen über große, verschneite Ebenen und über zugefrorene Flüsse; dann kamen sie in die Berge. In einem kleinen Dorf sahen sie viele Leute auf der Straße stehen. Sie starrten nach oben und zeigten mit den Fingern auf den Berg.

Samsusakir steuerte den Zauberteppich hinunter. Sacht landeten sie. Die Leute kamen gelaufen und fragten: „Seid ihr gekommen, um uns zu helfen?"

Samsusakir fragte: „Was ist denn los?"

Die Leute zeigten auf den Berg: „Seht euch den Schnee an, der da oben hängt", sagten sie. „Seit einem Monat schneit es schon. Nun ist der Schnee so dick und schwer, daß er bald herunterkommt. Wir fürchten uns, denn wenn eine Lawine über unser Dorf kommt, sind wir verloren!"

Fatima und Samsusakir schauten nach oben. Es sah wirklich beängstigend aus – über dem Dorf hing eine riesige Schneewehe. Und es sah schon ganz so aus, als wenn sie gleich herunterkommen wollte.

„Warum lauft ihr nicht den Berg hinunter, damit der Schnee euch nicht erreichen kann?" fragten sie. „Wenn wir nur könnten", sagten die Dörfler. „Aber die Straßen sind so tief verschneit, daß wir im Schnee versinken, wir können nicht durch. Nur mit einem Hubschrauber können wir herauskommen. Aber den haben wir nicht!" „Wozu haben wir den Teppich? Mit dem können wir euch retten!" sagte Fatima.

Einige Leute zögerten, sie fürchteten sich, mit dem Zauberteppich zu fliegen. Noch mehr aber fürchteten sie die Lawine. Schließlich hüpften alle auf den Teppich – Mädchen und Jungen, Mütter und Väter, Großmütter und Großväter. „Los!" kommandierte Samsusakir. Aber der Teppich konnte sich nicht erheben, er war zu schwer beladen. Langsam glitt er über den Schnee.

„Schnell, schnell!" riefen die ängstlichen Leute. „Die Lawine kommt!"

Eine große Schneewehe kam den Berg herunter, gerade auf sie zu. Fatima jammerte: „Was können wir nur tun?"

„Haltet euch fest!" schrie ihr Bruder. Und er steuerte den Teppich den Berg hinab. Immer schneller glitt der Teppich über den Schnee, wie ein großer Rodelschlitten. Er sauste den Berg hinab, und die Lawine rollte hinter ihm her. Die Dörfler riefen: „Schneller, schneller! Die Lawine begräbt uns sonst!"

Plötzlich machte der Teppich einen Satz und erhob sich in die Luft – nun flog er! Zwar schwankte und torkelte er unter seiner schweren Last, aber er flog! Und die Lawine blieb weit zurück, unten auf dem Boden des Tals.

Der Matrose Ernesto

Portugal ist ein kleines Land an der Westküste Europas. Dort lebte Ernesto, eines Tages zog er aus, um die Welt zu sehen.

Zu dieser Zeit – es ist fünfhundert Jahre her – gab es weder Eisenbahnen noch Autos noch Flugzeuge. Die Leute wußten noch gar nicht, wie groß die Welt ist.

Als nun Ernesto sagte, er wollte die Welt sehen, meinte er in Wirklichkeit nur ein kleines Stück von ihr. Er wanderte und wanderte, erstieg Berge und wanderte durch viele Täler; schließlich kam er nach Lissabon, das am Meer liegt.

Das war ein wunderbarer Ort, etwas so Schönes hatte Ernesto noch niemals gesehen! Am besten gefielen ihm die Schiffe im Hafen. Er hatte noch nie ein Schiff gesehen. Zu gern hätte er eine kleine Reise gemacht, aber niemand wollte ihn mitnehmen. Die Matrosen sagten: ,,Das hier sind Frachtschiffe, wir fahren nicht zum Vergnügen. Troll dich!"

Aber Ernesto versteckte sich im Bauch eines großen Schiffes und wartete, bis es losfuhr. Das dauerte lange, und Ernesto schlief ein. Als er erwachte, war das Schiff weit draußen auf

See. Es wurde von den Wogen hin- und hergeworfen, ihm wurde ganz schlecht im Magen. Er kroch nach oben und sagte zu einem Mann, den er dort traf: ,,Bring mich zurück!"

Nun war das der Kapitän. Der gröhlte lachend: ,,Ein blinder Passagier, der seekrank ist! Und wir sollen umkehren und ihn nach Haus zurückbringen! Welche Idee! Wir wollen die Küste von Afrika erforschen!"

Der Kapitän hatte eine lange Reise vor. Sein Schiff sollte weiter segeln, als jemals ein portugiesisches Schiff gesegelt war: monatelang würden sie unterwegs sein.

,,Da du nun schon mal an Bord bist", sagte der Kapitän zu Ernesto, ,,mach dich nützlich und hilf uns bei der Arbeit, sonst bekommst du nichts zu essen!" So wurde Ernesto Matrose.

Bald war er nicht mehr seekrank. Er fand es schön, auf einem Schiff weit in die Welt und in unbekannte Gewässer zu segeln. Er sah viele fremde Länder und Völker. Als das Schiff nach langer, langer Zeit wieder in Lissabon war, sagte der Kapitän: ,,Jetzt kannst du von Bord gehen – wenn du willst!"

Aber Ernesto blieb auf dem Schiff und machte noch viele Reisen mit. Er blieb sein Leben lang Seemann und sah, daß die Welt viel größer war, als er sich jemals hatte träumen lassen.

Der Wassergott und der grüne Helmvogel

In Rhodesien stürzt der große Sambesi-Fluß über riesige Felsen in die Tiefe. Das sind die Viktoria-Fälle. Es macht einen unheimlichen Lärm, wenn das Wasser gegen die Felsen schlägt. Aber ein bißchen Lärm macht auch der Wassergott.

Wißt ihr, daß in jedem Wasserfall ein Wassergott wohnt? Auf den ersten Blick sieht man allerdings nur das herunterströmende Wasser. Guckt man aber genauer hin, sieht man in dem Wasser eine kleine Aufwärtsbewegung: das ist der Wassergott, der tanzt!

Der Gott in den Viktoria-Fällen war traurig. Seine Freunde, die Tiere, fragten ihn: ,,Was ist denn los?" ,,Ich bin gekränkt", sagte er. ,,Alle

94

Das Wasserrad

Auf einem Bauernhof in Rumänien gab es einmal ein Pferd, ein Wasserrad und einen garstigen Jungen. Jeden Tag holte der Junge das Pferd aus seinem Stall und spannte es vor das Wasserrad. Dann setzte er sich auf das Rad, trieb das Pferd mit einem Stock und mit lauten Flüchen an. Das Pferd lief immer in die Runde und drehte das Rad, das wieder andere Räder drehte, die das letzte Rad in Bewegung setzten. Dieses Rad holte aus einem tiefen Brunnen Wasser herauf, das in eine Wanne floß. Von dort aus floß es in den Garten und bewässerte die Felder; die durstigen Kohlpflanzen freuten sich.

Den ganzen Tag lang trabte das geduldige Pferd in die Runde und holte Wasser aus der Erde. Und jeden Tag saß der Junge auf dem Rad und trieb das Pferd mit dem Stock an.

Eines Tages sagte das Pferd zu dem Jungen: „Bitte, hör auf, mich mit dem Stock zu schlagen." Aber der Junge trieb es heftiger an. „Du gehst viel zu langsam", schrie er. „Mach schneller!" Endlich verlor das geduldige Pferd die Geduld. „Du hast recht, mein Junge!"

Und nun fing das Pferd an zu traben, daß das Wasser aus der Erde schoß. Dem Jungen wurde schwindelig. „Das ist schnell genug!" schrie er. „Mach langsamer!" Doch das Pferd hörte nicht. Es lief schneller, schließlich galoppierte es wie ein Rennpferd. Das Wasser überflutete den Garten und verwandelte ihn in einen Sumpf. Zuletzt drehte sich das Rad so schnell, daß der Junge herunterflog. Er landete – platsch – mit dem Gesicht im Schlamm. Da hielt das Pferd an und lachte wiehernd.

Nach diesem Vorfall wurde der Junge ganz sanft. Sein Pferd hat er nie mehr geschlagen.

besuchen mich, nur Turako, der grüne Helmvogel, kommt niemals zu mir."

Die Tiere liefen sofort in den Wald und fanden den schönen grünen Helmvogel.

„Ich würde ja gern kommen", sagte der Vogel. „Aber all diese Wassertropfen verderben die Farbe auf meinen Flügeln!" Die Tiere drängten ihn und sagten, der Wassergott sei seinetwegen ganz unglücklich. So kam der Vogel mit. Kaum war er am Wasserfall, schon hatte das Wasser seine Federn durchnäßt.

Der grüne Helmvogel schrie: „Oje, oje! Meine wunderschönen grünen Federn!" Da sagte der Wassergott: „Das ist Zauberwasser! Davon leuchtet dein Gefieder nur noch mehr." Und so war es auch. Nun geht der grüne Helmvogel oft zu den Viktoria-Fällen, genießt die wunderbare Aussicht und plaudert mit seinem Freund, dem Wassergott.

Die hilfreiche Bergziege

In Turkestan, einem Teil Rußlands, leben die rundhörnigen Bergziegen. Eines Tages stieg ein Jäger auf den Berg und wollte eine Bergziege fangen. Die Bergziegen sahen ihn kommen und lachten. „Der kriegt uns niemals!" sagten sie. „Wir können viel schneller und höher klettern als er."

Den ganzen Tag jagte der Mann hinter den Bergziegen her. „Ach, du Armer", lachten sie, „uns kannst du nicht bangemachen."

Plötzlich glitt der Mann aus und stürzte einen Steilhang hinab in eine Schlucht. Er konnte nicht vor und zurück, er saß fest.

„Ob er sich verletzt hat?" meinte der Ziegenbock Iwan. Die anderen sagten: „Das wäre schlimm, aber er hat selbst schuld! Warum will er uns auch fangen!"

Iwan aber hatte Mitleid mit dem Mann. Er stellte sich an den Rand der Schlucht und rief: „Wirf mir dein Seil herauf, ich ziehe dich heraus!"

Der Mann warf ihm sein Kletterseil zu. Iwan schlang es um seine runden Hörner und hielt es mit starken Zähnen fest. So zog er den Mann nach oben.

„Herzlichen Dank", sagte der Mann. „Nun hilf mir, bitte, auch nach Hause. Mein Bein ist gebrochen, ich kann nicht gehen."

Die anderen Bergziegen riefen: „Tu das nicht, Iwan! Das ist eine Falle! Er will dich fangen!"

Doch Iwan ließ den Mann auf seinen Rücken klettern und trug ihn hinunter ins Dorf. Von weitem folgten seine mißtrauischen Gefährten. Sie sahen, wie Iwan im Dorf ankam, wie die Leute herbeiliefen, Iwan festhielten und ihn in eine Scheune brachten.

„Der arme Iwan!" seufzten seine Freunde. „Den sehen wir nie wieder!" Sie waren sehr traurig.

Am nächsten Morgen scholl aus dem Dorf viel Lärm zu ihnen herauf. Es klang nach Musik und lautem Gelächter.

Die Bergziegen stöhnten: „Da unten wird ein Fest gefeiert. Wahrscheinlich ein Festessen, mit einer Bergziege als Braten! Armer alter Iwan!"

Sie versteckten sich hinter den Bäumen und lugten hinunter ins Dorf. Da sahen sie Iwan! Ja, die Dörfler feierten ein Fest, und Iwan war

der Ehrengast! Sein Fell war gebürstet, daß es glänzte, und er war mit bunten Bändern geschmückt. Blumengirlanden waren um seine Hörner gewunden. Kinder umtanzten ihn und fütterten ihn mit Keksen und Äpfeln.

Als das Fest zu Ende war, durfte Iwan heil und gesund das Dorf verlassen. Er kam zu seinen Freunden, den anderen Bergziegen.

„Das war ein herrliches Fest", sagte er. „Meine Menschenfreunde haben mich eingeladen, nächstes Jahr soll ich wiederkommen und wieder ihr Ehrengast sein."

Und im nächsten Jahr gingen alle Bergziegen mit zu dem Fest und verbrachten einen herrlichen Tag.

RUANDA

Der Sonnenvogel

Ruanda ist ein ganz kleines Land mitten in Afrika. Dort lebte eine Mutter mit ihrem Baby. Jeden Tag mußte sie auf ihrem Feld arbeiten und den Mais und die Kartoffeln hacken und jäten. Manchmal trug sie bei der Arbeit ihr Baby in einem Tuch auf ihrem Rücken, manchmal legte sie es aber auch in den Schatten.

Wenn sie am Abend nach Haus kam, kochte sie das Abendessen. Sie aß immer alles auf, was sie gekocht hatte, denn wenn sie den ganzen Tag draußen gearbeitet hatte, war sie hungrig. Doch das Baby aß niemals etwas; es war nicht hungrig, und doch wurde es von Tag zu Tag größer und dicker.

Die Mutter wollte zu gern wissen, ob irgend jemand das Baby fütterte, und wer das wohl war, und warum er es tat. Eines Morgens legte sie das Kind unter einen Busch im Feld, wie sie es oft tat. Sie selber versteckte sich hinter dem Busch.

Als das Baby wach wurde und schrie, kam ein glänzender Sonnenvogel herbei und steckte ihm eine saftige Beere in den Mund. Das Baby aß die Beere; der Sonnenvogel fächelte ihm mit dem Flügel Luft zu, dabei gab er liebliche Töne von sich.

Die Mutter kam hinter dem Busch hervor: „Warum fütterst du mein Kind?" fragte sie. „Oh, oh, oh", rief der Sonnenvogel erschrocken und flatterte überrascht hin und her. „Mein Nest ist heruntergefallen, all meine Eier sind zerbrochen, ich habe keine eigenen Babys, die ich füttern muß. So hab ich denn deins gefüttert. Ich hoffe, du nimmst es mir nicht übel!"

Die Mutter mußte lachen und streichelte den Vogel: „Nein, ich bin überhaupt nicht böse!" Nun wurden sie gute Freunde. Die Mutter konnte nun ohne Sorge auf ihrem Feld arbeiten, denn der Sonnenvogel sorgte für ihr Kind.

Der Jaguar und der Schmetterling

Im feuchten Dschungel in Salvador lebte einmal ein freundlicher Jaguar. Er sah aus wie eine ganz große, dicke Katze, er war größer als ein großer Mann. Er hatte einen langen Schwanz und ein weiches Fell mit schönen gelben und schwarzen Flecken.

An einem sehr heißen Tag lag er im Schatten eines Baumes, da flog ein Schmetterling vorbei. Er hielt die Flecken des Jaguars für Blumen und setzte sich auf seinen Rücken.

Wie erschrak der Schmetterling, als er merkte, daß er auf einem Jaguarfell saß. „Hach!" hauchte er, zu Tode erschrocken. Er zitterte so, daß er nicht fortfliegen konnte. Der Jaguar hob seinen langen Schwanz. Der Schmetterling schrie ängstlich auf: „Nicht! O bitte nicht!" rief er. „Erschlag mich nicht! Bitte nicht!"

„Sei nicht so dumm", sagte der Jaguar. „Wie könnte ich einem so kleinen Ding, wie du es bist, etwas antun? Ich möchte dir bestimmt nicht wehtun. Ich bin ein freundlicher Jaguar. Komm und spiel mit mir!"

Der Schmetterling war immer noch ängstlich, aber er wollte den Jaguar nicht kränken – wer weiß, ob der dann so freundlich blieb? Er begann mit dem Jaguar zu spielen. Sie spielten Kriegen und Verstecken und Suchen, und sie wurden gute Freunde. Der Schmetterling verlor jede Angst vor dem Jaguar und besuchte ihn jeden Tag.

Der häßliche Prinz

Das kleine Land San Marino liegt auf einem steilen Felsplateau am Apennin-Gebirge in Italien. Vor langer, langer Zeit lebte dort ein häßlicher Prinz. Die Kinder schrien, die Vögel flogen davon und die Hunde heulten, wenn sie ihn sahen – so häßlich war er. Darum verbarg der bedauernswerte Prinz sein Gesicht – er trug immer eine Samtmaske.

Als der Prinz erwachsen war, sandte sein Vater Boten in alle Länder Europas: sie sollten eine Braut für seinen Sohn suchen. Aber alle hatten schon von dem häßlichen Prinzen gehört, und nicht die allergeringste Prinzessin wollte ihn heiraten. Die Leute von San Marino waren darüber sehr betrübt; sie weinten, schluchzten und jammerten ohne Unterlaß; Ströme von Tränen liefen durch die Straßen, in den Vertiefungen sammelten sich traurige Pfützen aus Tränen. Die Vögel sangen nicht mehr, die Blumen ließen ihre Köpfe hängen, und die Sonne versteckte sich hinter den Wolken. Selbst der Prinz, der doch an sein Unglück gewöhnt war, saß im Garten und weinte. Seine Samtmaske wurde von seinen Tränen so naß, daß man sie auswringen konnte.

Ein sanfter Wind kam über die Mauer und wehte dem Prinzen ein kleines weißes Taschentuch ins Gesicht. Das Taschentuch war tränennaß. Ein Name war hineingestickt – Julia.

Der Prinz wußte, daß Julia die Tochter des Bäckers war. Er wollte ihr das Taschentuch zurückbringen. Als er anklopfte, kam sie an die Tür, und ihr süßes Gesicht war tränenüberströmt.

„Ich hab dein Taschentuch gefunden", sagte der Prinz. „Schönen Dank", sagte Julia. „Wer bist du?" „Ich bin der häßliche Prinz, weißt du das nicht?" sagte er. „Mich kennt doch jeder, weil ich die Maske vor meinem Gesicht trage." „Ich sehe keine Maske", entgegnete Julia. „Und außerdem bist du nicht häßlich!"

Der Prinz befühlte sein Gesicht. Tatsächlich, er hatte seine Maske vergessen. Er eilte in das Haus des Bäckers und sah in den Spiegel. Überrascht schaute er sich an: Er war wirklich nicht mehr häßlich, er sah richtig hübsch aus! Er lief nach Hause, um sich seinen Eltern zu zeigen, und Julia erzählte es allen Leuten. Bald war die ganze Stadt voller Freude: Die Vögel sangen, die Blumen hoben ihre Köpfe, die Sonne kam aus den Wolken und strahlte vom Himmel, die traurigen Tränenpfützen trockneten aus.

„Jetzt wollen wir eine schöne Prinzessin für dich suchen", sagte der Vater des Prinzen. Aber der Prinz wollte keine Prinzessin, wäre sie auch noch so schön. Er wollte Julia heiraten. „Die Tränen in ihrem Taschentuch haben meine Häßlichkeit weggewischt", sagt er. So wurden die beiden getraut, und sie haben nie wieder geweint.

Unterwegs nach Mekka

Saudiarabien ist das größte Land auf der Arabischen Halbinsel. Die berühmteste Stadt des Landes ist Mekka, die heilige Stadt der Mohammedaner. Aus der ganzen Welt reisen die gläubigen Mohammedaner dorthin und besuchen die großen Moscheen.

Weit, weit ab von Mekka, tief in der Wüste, lebte eine Antilope, eine von der seltenen Art, die Oryx heißen. Wie jedes Oryx, hatte sie ein weißes Fell mit schwarzen Beinen und schwarzen Flecken im Gesicht, dazu zwei schöne lange Hörner. Aber dies Oryx war etwas Besonderes: Es war ein mohammedanisches Oryx, und es war unterwegs nach Mekka. Es war eine lange Reise, zu Fuß nach Mekka, aber Tag für Tag näherte es sich der Stadt um ein gutes Stück. „Ich werde schon hinkommen", sagte es zuversichtlich.

Eines Tages aber sprang ein Mann hinter einem Felsen hervor. Er warf ein Lasso und fing das Oryx.

Die arme Antilope zog und zerrte, aber der Mann hielt es mit dem Lasso an den Hörnern fest.

„Schon gut, schon gut", rief er. „Ich tu dir ja nichts. Ich bringe dich in einen feinen Zoo, wo du genug zu essen bekommst. Es gibt nur noch wenige Oryx in der Wüste. Wenn ich nicht ein paar von euch rette, ist bald keines mehr am Leben."

Das Oryx fand es recht nett von dem Mann, daß er es retten wollte. Aber es wollte nicht in einen Zoo. Darum sagte es: „Tut mir leid, aber ich bin unterwegs nach Mekka." Na, da staunte der Mann nicht schlecht. So etwas hatte er noch nie gehört. Vor lauter Überraschung ließ er das Seil fallen.

Schnell wie der Blitz zog das Oryx seine Hörner aus der Schlinge und stürmte davon. Es lief, so schnell seine schwarzen Beine nur laufen konnten. Bald war es hinter den Sanddünen verschwunden – unterwegs nach Mekka.

SCHOTTLAND

Emmas Schottentuch

Jeden Sommer besuchte Emma ihre Großmutter in Schottland. In der ganzen Welt kennt man die buntkarierten Tücher, Schals und Kleiderstoffe, die in Schottland gewebt werden. Die Großmutter schenkte Emma ein kariertes, schottisches Umschlagetuch, das war so hübsch, daß Emma es allen ihren Freunden zeigen mußte.

Vergnügt sprang sie ins Feld. Zuerst lief sie zu den Schafen auf der Weide, stellte sich ans Gatter und winkte mit ihrem Schottentuch den Lämmern zu. Die kamen neugierig herbeigerannt. Jedes Lämmchen stupste die Nase gegen das Seidentuch und fühlte, wie seidig es war. „Ein solches hübsches Tuch würde ich auch gern tragen", sagte eines der Lämmer.

„Aber du trägst doch so ein feines Wollkleid", sagte Emma. „Du hast es gut, du brauchst dich nicht jeden Tag an- und auszuziehen, wie ich." Die Lämmer dachten darüber nach, und sie gaben Emma recht.

Die Neuigkeit von Emmas hübschem Schottentuch verbreitete sich rasch über Berg und Tal. Igel, Hamster, Maulwürfe, Hasen und Kaninchen, Feldmäuse, Wiesel und Füchse kamen und bewunderten es. Sogar eine scheue Wildkatze lugte hinter einem Stein hervor.

Als jeder das Tuch gründlich betrachtet hatte, sagte Emma den Tieren „Auf Wiedersehen" und ging in den Wald. Dort traf sie ihre liebsten Freunde, die Rehe. Frau Reh gefiel das Schottentuch ganz außerordentlich. Sie durfte es ein

Weilchen auf dem Rücken tragen. „Jetzt habe ich dir auch etwas zu zeigen", sagte sie zu Emma. Sie führte Emma durch den Wald, und der Rehbock ging hinter ihnen her. Sie kamen zu einer kleinen Lichtung, und im weichen Gras schlief dort in der Sonne ein kleines, zartes Rehkitz.

„Oh, wie entzückend!" rief Emma. „Das ist ja noch schöner als mein Schottentuch." Wie sie das schlafende Rehkitz betrachtete, fühlte Emma, daß sie auch sehr müde war. Sie hüllte sich in ihr Seidentuch und legte sich neben das Rehkind. Bald war sie fest eingeschlafen. Der Rehvater und die Rehmutter wachten über sie und ihr Kitz. Als das Rehkitz ausgeschlafen hatte, schlief Emma noch immer. „Sie muß sehr müde gewesen sein", sagte Frau Reh.

Die Sonne stand schon tief am Himmel. „Ich glaube, wir müssen sie nach Haus bringen", meinte der Rehvater. Vorsichtig nahmen die Reheltern das Schottentuch zwischen die Zähne und trugen Emma heimwärts, und das Rehkitz sprang hinter ihnen her.

Emmas Großmutter stand schon vor der Tür und sah sie kommen. Sie brachte den Rehen etwas Salz – das mögen Rehe nämlich genau so gern wie wir etwas Süßes.

Emma wachte auf. Sie verabschiedete sich von ihren Freunden, und die Großmutter brachte sie ins Bett – Emma war ja noch klein. Bald war sie wieder eingeschlafen, und das hübsche Schottentuch lag ausgebreitet auf ihrer Bettdecke.

Der hungrige Löwe

In der heißen, trockenen Wüste Senegals hütete ein Junge eine Herde Ziegen. Sie zogen kreuz und quer durch die Wüste, immer auf der Suche nach Gras und Wasser. Nun lebte in der Wüste ein großer Löwe. Er hatte einen sicheren Wohnplatz an einem felsigen Hügel. Wenn er hungrig war, durchstreifte er die Wüste auf der Suche nach Beute.

Eines Tages wollte er sich eine Ziege aus der Herde holen. Aber der Junge hatte einen großen

Bogen gemacht, und kaum hatte der Löwe sein Versteck verlassen, trieb er seine Herde dort hin. So konnte der Löwe die Ziegenherde nicht finden. Doch als er, immer noch hungrig, zurückkehrte, sah er sie in seinem Versteck. „Wie nett von ihnen", sagte er, „sie kommen von selbst in meine Speisekammer!" Und er schlich den Hügel hinan.

„Zack!" Ein Stein sauste durch die Luft und traf ihn am Kopf. Der Löwe heulte auf und wich zurück. Der Junge hatte eine Steinschleuder. Der Löwe blieb in sicherer Entfernung stehen, lief aber nicht weg. Er konnte nicht an die Ziegen heran.

„Gib mir nur eine einzige kleine Ziege", bettelte

er umgedreht, an jeder Blüte gerochen und an jeder Frucht geknabbert. Dann entdeckte Bubu den leeren Zwischenraum.

Der leere Zwischenraum im Urwald von Sierra Leone befindet sich unten zwischen den hohen Stämmen. Oben bilden die Äste und Zweige der Bäume ein dichtes Dach, undurchdringlich für die Sonnenstrahlen. Darum kann unten zwischen den kahlen Stämmen nichts wachsen.

Bubu saß auf dem untersten Ast und spähte hinunter. Er sah die leeren Zwischenräume – das mußte er untersuchen. Er rutschte am Stamm hinab und sah sich um. Nichts war zu sehen, nur die nackte, rote Erde und die kahlen Stämme. Und wie dunkel und einsam war es hier! Bubu wollte wieder in sein warmes Nest. Er wollte am Stamm hinaufklettern, aber seine Arme und Hände waren noch zu klein. Da saß er und heulte: „Buu-huuuh! Buu-huuuh!"

Endlich kam Bubus Mutter herabgeklettert und holte ihn. Sie brauchte aber beide Arme, um den hohen Stamm zu erklimmen; darum konnte sie Bubu nicht wie sonst mit einem Arm umschlingen, sondern ergriff mit den Zähnen sein Nackenfell und trug ihn nach oben. „Eigentlich viel praktischer!" dachte sie und trug ihn nun immer so, solange er noch klein war.

Die anderen grünen Meerkatzen lachten, als sie die beiden so sahen. Dann versuchten sie es auch und fanden es sehr praktisch. Bald trugen alle grünen Meerkatzen ihre Kleinen mit dem Mund umher. Und so machen sie es noch heute.

SIERRA LEONE

Bubu entdeckt den Zwischenraum

Sierra Leone ist ein heißes Land an der Westküste Afrikas. Hoch in den Bäumen des Urwalds leben die grünen Meerkatzen. Nun ist eine grüne Meerkatze weder eine Katze noch hat sie etwas mit dem Meer zu tun – sie ist ein Affe, und sie ist auch gar nicht grün: ihr Fell ist rotbraun und hat nur einen grünlichen Schimmer.

Vor langer, langer Zeit gab es ein Meerkatzenbaby, das hieß Bubu und war sehr neugierig. Erst wenige Wochen alt, kannte Bubu schon jeden Zweig des Baumes, in dem er wohnte, und auch der Nachbarbäume. Jedes Blatt hatte der Löwe, denn sein leerer Magen knurrte mächtig. „Nicht ein einziges Haar von einer einzigen Ziege kriegst du!" schrie der Junge.

Da kamen Fatima und Samsusakir mit ihrem Zauberteppich herangeschwebt. Keine Ahnung, woher sie wußten, wie nötig sie gebraucht wurden – aber sie waren da!

Als erstes warfen sie einen Ballen Heu für die Ziegen und einen Beutel mit Essen für den Jungen herunter. Dann warfen sie dem Löwen ein großes Stück Fleisch hin. Dann zogen sie ihn, während er noch aß, auf den Teppich und flogen mit ihm weit fort bis ans andere Ende der Wüste, wo es viele wilde Tiere gab.

SINGAPUR
Lim Lin verkauft Ananas

Lim Lin lebte auf einer Ananaspflanzung auf der Insel Singapur. Einmal schickte ihn sein Vater in die Hauptstadt, die auch Singapur heißt. Er sollte dort Ananas verkaufen.

„Geh zum Hafen, wo die großen Passagierschiffe ankommen", sagte sein Vater. „Leute, die eine Seereise machen, kaufen gern frische Früchte, wenn sie an Land kommen."

Mit einem großen Korb voll Ananas ging Lim Lin in die große Stadt. Er kannte den Weg zum Hafen nicht, aber er ging einfach dorthin, wo die Menschenmenge am größten und der Lärm am lautesten war.

Da sah er ein großes Schiff, und viele Passagiere kamen die Gangway herunter. Lim Lin konnte aber nicht an sie herankommen, zu viele Leute versperrten ihm den Weg.

Ihm mußte etwas einfallen. Lim Lin nahm eine Ananas und balancierte sie auf seinem Kopf. Er legte eine zweite Ananas auf die erste. Dann bat er einen großen Mann, ihm noch mehr Ananas aufeinanderzutürmen.

Dann ging Lim Lin auf das Schiff zu und balancierte den Ananasturm auf seinem Kopf. Alle Leute staunten und ließen ihn durch. Lim Lin ging bis zur Gangway, ohne daß ihm eine einzige Ananas herunterfiel. Da klatschen die Leute Beifall, und jeder wollte eine Ananas kaufen!

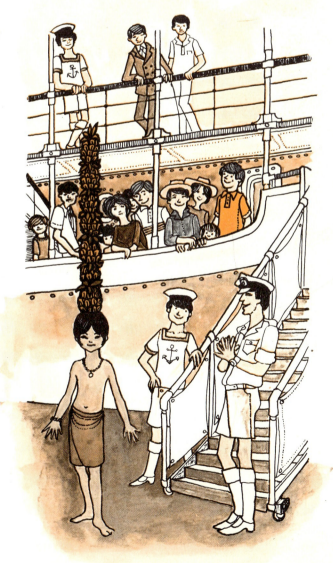

Das Bananenboot

Omar – so hieß ein Junge in Somalia an der Ostküste von Afrika. Er lebte auf einer Bananenpflanzung nahe am Meer.

Omar aß für sein Leben gern Bananen. Aus den Bananenschalen machte er immer kleine Boote. Er nannte sie Bannanenboote. Eines Tages nahm er wieder ein Bündel Bananen mit ans Meeresufer. Er ritzte jede Schale an einer Seite auf und gab gut acht, daß die beiden Enden zusammenblieben. Dann holte er die Banane Stück für Stück aus der Schale und aß sie auf. War die Schale leer, glich sie einem kleinen gelben Boot.

Als er alle Bananen aufgegessen hatte, setzte er seine Bananenboote ins Wasser. Sie sollten ins Meer hinaus schwimmen.

Die Wellen schlugen die meisten Boote um; sie sanken auf den Meeresgrund und wurden nicht mehr gesehen. Eines der kleinen Bananenboote aber schaffte es. Es glitt die Wellen hinauf und hinunter und schlug nicht um.

Omar stand auf der Sandbank und beobachtete das Bananenboot, das ihm so gut geglückt war. Er sah ihm nach, bis es weit draußen im Meer schaukelte. Zuletzt verlor er es aus den Augen. Omar winkte seinem Bananenboot nach und rief: „Gute Reise! Grüß die fernen Länder von mir!"

Dummi das Flußpferd

Im südlichen Afrika ist die Heimat der Flußpferde. Zwei Flußpferde lebten einmal in einem
See inmitten einer grasbedeckten Ebene. Eines
der beiden hielt sich für sehr schlau, es wurde
Schlaukopf genannt. Das andere mußte dauernd
kichern. Es wurde Dummi gerufen.

Lange Zeit hatte es nicht geregnet. Das Gras
war sehr trocken, und der See war nicht viel
mehr als ein schlammiger Tümpel. Schlaukopf
gefiel das gar nicht. „Wenn es nur endlich
regnete!" sagte er.

Dummi blickte zum Himmel. „Schau doch die
schwarzen Wolken, die da kommen", rief er.
„Ich glaube, gleich gibt es Regen!"

Die Wolken wurden immer dicker und dunkler.
Es begann zu donnern und zu blitzen, aber es
fiel kein Regen.

„Ich mag den Blitz nicht", sagte Dummi. „Unsinn!" schnarrte Schlaukopf. „Der kann uns
nichts tun." In diesem Augenblick schlug ein
Blitz mit schrecklichem Krachen direkt neben
dem See ein. Schlaukopf erschrak so sehr, daß
er tief in den schlammigen Grund tauchte und
sich nicht rührte – bis Dummi ihn am Schwanz
nach oben zog.

„Guck doch, der Blitz hat das Gras angezündet",
rief Dummi. „Und kein Regen ist da, der das
Feuer löscht. Es frißt all unser Gras!"

„Laß uns lieber weglaufen!" sagte Schlaukopf.
„Wir könnten doch Wasser in den Mund nehmen
und damit das Feuer löschen!" schlug Dummi
vor. „Bist du aber dumm", lachte Schlaukopf.
„Hat man je gehört, daß ein Flußpferd Feuer
löscht? Ich verschwinde!" Und er lief fort.

Aber Dummi füllte sein großes Maul mit Wasser,
lief hin und spritzte es auf das brennende Gras.
Es löschte nur einen Teil des Feuers. Darum
holte Dummi mehr Wasser und spritzte und
spritzte. Aber das Feuer brannte immer noch.

Zuletzt wurde Dummi sehr böse – und wenn
ein Flußpferd böse wird, ist es gewaltig böse!
Er stürzte sich auf das Feuer und trampelte und
stampfte mit seinen großen Füßen darauf herum.
Und stampfte so fest, so schnell und so böse –
er stampfte das Feuer aus! Und er verbrannte
sich nicht einmal die Füße, denn er hatte eine
sehr dicke Haut.

Bald kam Schlaukopf zurück, aber Dummi ließ
ihn nicht in den Tümpel.

„Du mußt dir einen anderen Platz suchen",
sagte er. „Für uns beide ist nicht genug Gras
übrig geblieben, und hätte ich das Feuer nicht
gelöscht, wäre überhaupt keines mehr da."

Schlaukopf war erst mächtig böse, aber dann
mußte er zugeben, daß Dummi recht hatte.
Seit dieser Zeit stürzt sich jedes Flußpferd
auf ein Feuer, das es erblickt, und trampelt
es aus. Darum paß auf, wenn du ein Lager-
feuer machst, ob auch kein Flußpferd in der
Nähe ist!

Der springende Elefant

In Südwestafrika gibt es viele Antilopen. Erstaunlich, was sie für Sprünge machen, wenn sie über die Steppe rennen! Sie springen und springen, als hätten sie Sprungfedern unter ihren kleinen Hufen.

Eines Tages beobachtete ein großer Elefant die Antilopen bei ihrem springenden Lauf. „Wie sieht das nur hübsch aus", sagte er. „Ich wollte, ich könnte es auch so."

Das hörte ein Sekretär, ein hochbeiniger Vogel mit einem Federschopf. „Ein springender Elefant, das wäre ein Schauspiel!" krächzte er. „Warum versuchst du es nicht?"

„Red' nicht so dumm", sagte der Elefant. „Zum Springen bin ich viel zu groß und schwer."

„Ach was, probier es doch mal!" ermunterte ihn der Sekretär. „Oder bist du zu bange?" spottete er, und das war wirklich nicht schön von ihm.

Mittlerweile hatten sich schon etliche Tiere um sie versammelt und zugehört. Alle starrten gespannt auf den Elefanten. Würde er springen, oder war er zu ängstlich?

Der arme Elefant – was sollte er machen?

„Ich will euch schon zeigen, daß ich nicht bange bin", sagte er. „Alle zurück, macht Platz! Gleich springe ich."

Er ging ein langes Stück rückwärts, um einen großen Anlauf zu nehmen. Dann rannte er los. Schneller und schneller stampften seine dicken Säulenbeine den Boden. Dann spannte er alle seine Muskeln an – und *sprang!* Junge, war das ein Sprung! Der tonnenschwere Elefant schleuderte sich durch die Luft – es war ein gewaltiger Sprung! Und dann – KAWUMMM! landete er mit einer Wucht, daß meilenweit die Erde bebte. Die Zuschauer verloren ihr Gleichgewicht. Aber dann tobten sie vor Begeisterung.

„Hurra! Bravo! Ein fantastischer Elefantensprung!" Der Elefant war sehr mit sich zufrieden. „Hätte ich mir selbst nicht zugetraut", sagte er. „Quarrrk!" schrie der Sekretärvogel voller Wut. Durch den Elefantensprung war nämlich sein neues Nest vom Baum gefallen. Das Nest, das er gerade *eben* erst fertig hatte! Jetzt mußte er wieder von vorn anfangen. Aber das geschah ihm ganz recht, dem spöttischen Burschen.

Reise in die Vergangenheit

Mit Fatima und Samsusakir flog der Zauberteppich über Spanien. Plötzlich begann er zu sprechen. Die Kinder waren sehr verwundert, sie wußten ja gar nicht, daß der Teppich sprechen konnte! Er sagte: „Ich bringe euch jetzt in vergangene Zeiten zurück. Jemand braucht eure Hilfe. Das Bild vom Schaf und der Blume gibt die Antwort."

„Welche Antwort?" fragten die Kinder, aber der Teppich schwieg. Unvermutet hüllte er sie ein, machte einen Salto in der Luft und glitt dann sanft und glatt zur Erde. Ganz benommen blickten Fatima und Samsu umher: Von einem Augenblick auf den anderen hatte sich die Landschaft unter ihnen verändert. Dörfer, Städte und Straßen waren verschwunden, Wälder und Wiesen breiteten sich aus. Nur die Berge sahen noch so aus wie vorher. Sie waren in früheren Zeiten.

Sie landeten auf einer Bergweide, wo ein junger Schäfer eine Herde hütete. Er hieß Manuel. Samsu erzählte, was der Teppich gesagt hatte, und fragte ihn: „Ist es wahr, daß du Hilfe brauchst?"

Manuel streichelte den schönen Teppich. „Wie klug er ist!" sagte er. „Ja, ich quäle mich Jahr für Jahr mit einer Frage. Ich weiß nie, wann es Zeit ist, daß ich meine Schafe von den Bergen ins Winterquartier hinab treiben muß. Bleibe ich zu lange hier oben, überrascht uns der Schnee, und ich verliere viele Schafe. Breche ich zu früh auf, reicht der Heuvorrat im Hof drunten nicht den ganzen Winter. Wann muß ich aufbrechen?"

Fatima und Samsusakir wußten es nicht. Sie fragten den Teppich, doch der schwieg. Da fiel ihnen ein, was der Teppich ihnen gesagt hatte. Sie suchten auf ihm ein Bild von einem Schaf mit einer Blume – und da war es auch, direkt zu ihren Füßen! Es zeigte ein Schaf, das vor einer hübschen kleinen Blume davonlief.

„Die Blume kenne ich", sagte Manuel. „Die blüht hier zu Dutzenden in jedem Herbst."

Sie schauten sich um. Da sahen sie überall im Gras die zarten lila Blüten der kleinen Blume.

„Da hast du die Antwort auf deine Frage!" rief Samsusakir. „Du mußt die Schafe zu Tal treiben, sobald diese Blumen aufblühen." Nun halfen Fatima und Samsusakir dem jungen Schäfer, die Herde ins Tal zu bringen. Und es war höchste Zeit gewesen! Am Abend erhob sich ein Sturm, und am nächsten Morgen waren alle Berge tief verschneit.

Die beiden Kinder verabschiedeten sich von Manuel, und der Teppich brachte sie in die Gegenwart zurück.

Manuel hatte die kleinen Blumen *Quitameriendas* genannt. Das ist spanisch und bedeutet: Blumen, die die Schafe von der Weide treiben. Noch heute bringen die spanischen Schafhirten ihre Herden von den Bergen herab, wenn sie im Herbst aufblüht. Bei uns heißt diese hübsche Blume *Herbstzeitlose*.

Ein seltsamer Fang

Aziz war ein Fischer im Sudan in Afrika. Er fischte in einem wilden Fluß, der gewaltig schäumend von den Bergen ins Tal brauste. Zum Fischen benutzte Aziz einen riesigen Fangkorb, der war größer als er selbst. Der Weidenkorb hatte die Form eines langen Kegels: oben hatte er eine weite Öffnung, nach unten hin wurde er immer enger, und auch die Lücken des hölzernen Flechtwerks wurden immer enger. Mit zwei langen Seilen band Aziz den Korb am Ufer fest und brachte ihn an einer Stelle in den Fluß, wo die Strömung sehr stark war. Das Wasser strömte oben in die große Öffnung und floß durch die Stäbe wieder hinaus; doch die Fische, die mit dem Wasser in den Korb schwammen, konnten nicht mit hinaus.

Das Fischen war eine harte Arbeit. Aziz mußte immer mit aller Kraft gegen die Strömung ankämpfen, die ihn mitreißen wollte.

Als er sich eines Tages wieder mit seinem Korb im Fluß abplagte, hörte er am Ufer eine Frau schreien: „Mein Kind! Es ist ins Wasser gefallen!" Plötzlich wurde ein kleines Mädchen in den Fangkorb geschwemmt. Sie hielt sich an den Stäben fest und schrie. Wenn sie losließ, würde sie tief in den Korb rutschen und ertrinken! Aziz kämpfte sich durch die heftige Strömung an seinen Korb heran. Er griff mit beiden Händen in die Öffnung und hielt das Mädchen fest. Flutsch! zog ihm die Strömung die Füße weg. Aziz fand sich in seinem eigenen Fangkorb wieder, das kleine Mädchen hielt er umschlungen.

Im ersten Augenblick war er ganz verwirrt. Zu dumm, sich in seinem eigenen Fangkorb zu fangen! Doch Aziz war nicht ernstlich besorgt. Er war groß und stark, der Fluß konnte ihm nichts anhaben. Und solange er das kleine Mädchen festhielt, konnte auch ihr nichts geschehen. Welch ein ulkiges Paar Fische waren sie doch! Aziz fand es sehr komisch, und er mußte lachen. Darüber wunderte sich die Kleine so sehr, daß sie aufhörte zu weinen.

Die Mutter sah vom Ufer aus, daß den beiden keine Gefahr drohte. Da mußte sie auch lachen. „Hallo, du großer Fisch!" rief sie Aziz zu. „Schwimm mir nicht davon! Ich hole Hilfe."

Sie lief ins Dorf und kam mit einem Dutzend starker Männer zurück, die den Korb mit dem seltsamen Fang ans Ufer zogen.

Die Frau schloß ihr Kind in die Arme, überglücklich, daß sie es gesund und unversehrt wiederhatte.

Die Männer zeigten lachend auf Aziz: „Was machen wir denn mit diesem großen Fisch?" „Das ist ja ein prächtiger Fisch! Ein solcher Fang ist ein Grund zum Feiern!" riefen andere.

Und am Abend feierten sie dann wirklich ein großes Fest – Ehrengast war Aziz, der große Fisch!

SWASILAND

Die Frau und das Stachelschwein

In einer Hütte hoch auf den Bergen in Swasiland wohnte eine Frau. In einer Höhle am Hang des Berges wohnte ein Stachelschwein.

Die Frau wollte sich gern mit dem Stachelschwein anfreunden. Sie stellte ihm eine Schüssel mit Essen vor ihre Tür.

Aber das Stachelschwein kam nicht. „Es ist ängstlich", dachte die Frau und rief: „Ich tu dir nichts! Paß auf, ich gehe hinunter ins Dorf. Du kannst essen, während ich weg bin." Und sie ging den Berg hinab. Das Stachelschwein ging den Berg hinauf und aß die Schüssel leer. Dann legte es sich in die Sonne und schlief. Trapp, trapp! Ein Geräusch weckte es. Trapp, trapp! Es kam näher. Das Stachelschwein sprang auf und lief den Hang hinab. Dann sah es sich um. Da stieg die Frau den Berg hinauf.

Sie sah es und rief: „Magst du Apfelsinen?" Und sie zeigte ihm, was sie in ihrem Korb hatte. Da fielen zwei Apfelsinen heraus. Kuller, kuller, rollten sie den Berg hinab und genau auf das Stachelschwein zu.

Lief es nun weg? Nein, Apfelsinen mochte es. Aber damit sie ihm nicht ins Gesicht rollten, rollte es sich zusammen. Kuller, kuller – ping, ping! Da saßen die Apfelsinen auf seinen spitzen Stacheln. Mit den Früchten im Stachelkleid, kletterte das Stachelschwein tapfer den Berg hinauf. Die Frau löste die beiden Apfelsinen von den Stacheln. Sie aß die eine, die andere aß das Stachelschwein.

SCHWEDEN

Inselhüpfen

Stockholm, die Hauptstadt Schwedens, ist eine sehr schöne Stadt. Vor Stockholm liegen Tausende kleiner Inseln im Meer verstreut. Hier verbringen viele Schweden ihre Ferien in hübschen Sommerhäusern.

Hilda und Sven Nilsson waren auch wieder mit ihren Eltern im Inselhaus.

„Ich habe keine Lust mehr zum Angeln", sagte Sven eines Tages. „Ich habe keine Lust mehr zum Schwimmen", sagte Hilda.

„Warum nehmt ihr nicht euer Ruderboot und spielt ein bißchen Inselhüpfen?" meinte Frau

Nilsson. Mit „Inselhüpfen" meinte Frau Nilsson: von einer Insel zur anderen rudern. Aber Sven und Hilda stellten sich etwas viel Besseres darunter vor. Natürlich konnten sie nicht von einer Insel zur anderen hüpfen; dazu liegen die Inselchen zu weit auseinander. Aber . . .

Sie ruderten zur ersten kleinen Nachbarinsel. Hilda stieg aus und sagte: „Achtung, fertig – los!" und begann, so schnell sie konnte, auf einem Bein quer über die Insel zu hüpfen. Sven aber ruderte, so schnell er konnte, um die Insel herum. Als er auf der anderen Seite ankam, war Hilda schon da. „Ich bin Sieger!" schrie sie.

Bei der zweiten Insel hüpfte Sven und Hilda ruderte. Da gewann Sven.

Die dritte Insel war größer. Mitten darauf hatte Fräulein Gustavsson ihr Ferienhaus. Hilda hüpfte darauf zu, so schnell sie konnte. Sie hüpfte durch die offene Haustür, geradewegs durch das Wohnzimmer und zur Hintertür wieder hinaus! Fräulein Gustavsson war sprachlos vor Erstaunen, dann lief sie hinter ihr her.

Hilda hüpfte auf einem Bein zum Ufer hinab. Sven war mit dem Ruderboot schon da. „Diesmal habe ich gesiegt!" rief er. Hilda stieg ein, und sie ruderten zur nächsten Insel.

„Das ist ja ein feines Spiel", dachte Fräulein Gustavsson, holte ihr Boot und folgte den beiden.

Als Sven über die vierte Insel hüpfte, mußte er an Herrn Holtens Haus vorbei. Eine Hecke war ihm im Weg – mit einem Sprung hüpfte Sven darüber hin. Beinahe wäre er Herrn Holten auf den Kopf gesprungen, der in seinem Garten auf dem Rasen lag. „Entschuldigen Sie, ich bin beim Inselhüpfen", rief Sven ihm zu.

„Das ist mal etwas Neues, ich mache mit!" sagte Herr Holten und hüpfte hinter Sven her. Auf der anderen Seite der Insel warteten *zwei* Ruderboote.

„Jetzt wird es richtig: Zwei gegen zwei!" rief Fräulein Gustavsson begeistert. „Kommen Sie!" Herr Holten sprang zu ihr ins Boot, Sven ruderte mit Hilda. Auf der nächsten Insel gab es *zwei* Hüpfer und zwei Boote, die um die Wette ruderten. Immer mehr Leute sahen sie und machten begeistert mit. Bald waren es ein Dutzend Boote und ein Dutzend Leute, die man um die Wette rudern und hüpfen sah. Es wurde *das* Spiel dieses Sommers!

SCHWEIZ

Die Gemse läuft Schi

Die kleine Schweiz besteht fast ganz aus hohen
Bergen. Im Winter sind sie tief verschneit, und
man kann dort wunderbar Schilaufen.

Hoch oben auf den Bergen lebte eine Gemse,
die oft zusah, wie die Schiläufer vergnügt über
die Hänge glitten. „Das möchte ich auch einmal
versuchen", dachte sie. „Das muß doch Spaß
machen."

Eines Tages, als gerade niemand hinsah, stahl
sie ein Paar Schier. Mit den Zähnen zerrte sie
die Bretter den Berg hinauf. Dann stellte sie sich
drauf, zwei Beine auf jeden Schi. Langsam begannen die Schier bergabwärts zu gleiten. Bald
ging es schneller und schneller.

„Brrr, nicht so schnell!" schrie die Gemse. Doch
der Hang war steil, und die Schier sausten mit
der Gemse immer rascher bergab.

„Oh, oh", bibberte die Gemse, als sie auf einige
Bäume zuraste, „das gibt ein Unglück!" Sie
machte die Augen zu. Aber – o Wunder! – die
Schier glitten glatt zwischen den Bäumen hindurch.

Die Gemse machte die Augen auf. „Hurra! Was
bin ich doch für ein großartiger Schiläufer!"
freute sie sich.

In diesem Augenblick schossen die Schier über
einen Steilhang hinaus. „O je, o je!" jammerte
die Gemse. Sie fiel und fiel und landete – plumps!
in einer tiefen Schneewehe.

Die Gemse wühlte sich aus dem tiefen Schnee
heraus und schüttelte sich. „Das ist kein Vergnügen", sagte sie, ließ die Bretter liegen und
kletterte zurück auf den Berggipfel. Das Schilaufen hat sie nie wieder versucht.

Der Bauer auf dem Dach

Mit ihrem Zauberteppich flogen Fatima und Samsu eines Tages über Syrien dahin. Unter sich sahen sie einen Hain von Maulbeerbäumen, und weil die Maulbeeren gerade reif waren, bekamen sie Appetit und ließen den Teppich dort landen. Sie pflückten die purpurroten, saftigen, süßen Beeren vom Baum und schmausten zufrieden. Plötzlich kam schimpfend der Bauer angerannt, dem die Bäume gehörten, und schwang drohend einen dicken Stock. Die Kinder erschraken und sprangen rasch auf den Teppich. „Flieg! Flieg!" rief Fatima. Der Teppich erhob sich, so schnell er konnte, aber der Bauer erwischte ihn noch an der Kante und hielt ihn fest. In Sekundenschnelle waren sie hoch in der Luft – und der Bauer mit ihnen. Er krallte sich am Teppich fest und schrie um Hilfe.

„Laß dich nieder!" befahl Samsu dem Teppich. Sofort sanken sie hinab. Sobald der Bauer seine Füße aufsetzen konnte, ließ er den Teppich los, der sofort davonschoß. Doch dann sahen die Kinder: Der Bauer war auf einer runden Dachkuppel gelandet. Wie sollte er da herunterkommen, ohne abzustürzen? Die Kinder wollten den Teppich bewegen, noch einmal umzukehren. Aber der Teppich wollte dem Mann nicht mehr helfen, er fürchtete sich und flog geradewegs davon. Und der Bauer mußte auf dem Dach bleiben, bis Leute aus dem Dorf sein Geschrei hörten und ihm verwundert hinunterhalfen. Und weil außer ihm niemand den Zauberteppich gesehen hatte, glaubte ihm niemand die Geschichte, die er erzählte.

Das schlechtgelaunte Nashorn

In Tansania, in Ostafrika, lebte ein grimmiges Nashorn. Dick und plump, mit einem ungewöhnlich großen Horn auf der Nase, hatte es ständig schlechte Laune und blinzelte mißtrauisch und mißmutig in die Welt. Wehe dem, der ihm zu nahe kam! Grimmig verscheuchte es jedes Tier, das ihm vor die Nase kam, ja, es jagte sogar andere Nashörner fort.

Eines Sommers herrschte eine große Trockenheit. Alle Wasserlöcher trockneten ganz und gar aus. Auf der Suche nach Wasser, begaben sich alle Tiere auf die Wanderung. Unter ihnen auch, schnaufend, stampfend, über alles und jeden schimpfend, das schlechtgelaunte Nashorn. Heiß brannte die Sonne auf die armen, dürstenden Tiere herab.

Eine Gazelle roch Wasser! Sie sprang davon, und alle folgten ihr. Bald kamen sie an ein Wasserloch. Dort blieben alle stehen, und niemand trank. Nur das grimmige Nashorn kam herangedonnert, schubste die anderen Tiere beiseite und stürmte auf das Wasser zu. Und ehe es anhalten konnte – steckte es tief im Schlamm!

Das Wasser war nämlich durch die Trockenheit auch an dieser Stelle sehr zusammengeschrumpft. Nur in der Mitte der Wasserstelle blinkerte noch blankes Wasser, umgeben war es von tiefem Schlamm. Und in diesem Schlamm steckte nun das Nashorn. Und je mehr es wühlte und strampelte, desto tiefer sank es ein.

Die anderen Tiere nahmen seinen Schwanz zwischen ihre Zähne und begannen zu ziehen – HAU RUCK! HAU RUCK! Und sie kriegten ihn auch wirklich aus dem Schlamm heraus.

Das Nashorn war so dankbar, es wartete mit dem Trinken und trat höflich zurück, bis alle anderen ihren Durst gestillt hatten. Ja, anscheinend war eben doch etwas vom Nashorn im Schlamm steckengeblieben: seine schlechte Laune nämlich.

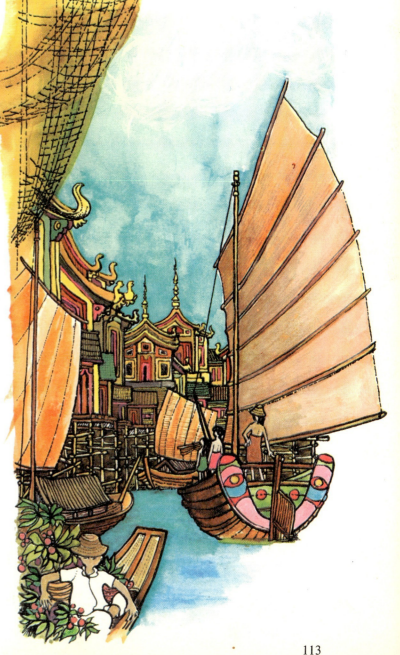

THAILAND

Erster Besuch in Bangkok

Ein Junge und ein Mädchen, Bruder und Schwester, lebten in Thailand. Ihr Haus war auf Pfählen errichtet, es stand in einem Bambussumpf. Ringsumher gab es fast ebenso viel Wasser wie ·Land, denn der Fluß Manam Chao Phya hat sich hier in viele Arme geteilt. Wenn die Nachbarn einander besuchen wollen, müssen sie mit dem Boot fahren oder über hölzerne Stege gehen.

Manchmal begleiteten die Kinder ihren Vater auf die Reisfelder. Manchmal fuhren sie mit ihrer Mutter im Boot zum Fischen. Manchmal saßen sie auch auf dem Rücken ihres Wasserbüffels, während er graste.

Eines Tages fuhren sie mit dem Boot in die große Stadt Bangkok. Die Häuser standen dort eng beisammen, die Kanäle wurden immer belebter. Als sie im Gedränge der anderen Boote kaum noch vorwärts kamen, legten sie an. Die Straßen waren überfüllt von feingekleideten Menschen vieler Rassen. Überall waren Läden, Marktstände und Händler. Die Kinder konnten sich an all den herrlichen Dingen nicht sattsehen. Vorsichtig berührten sie die Ballen weicher, glänzend farbiger Seide, die an den Ständen zum Verkauf auslagen. Dann sahen sie eine lange Reihe von Männern, die leuchtend gelbe Gewänder anhatten. Sie trugen hölzerne Schalen und sammelten darin Reis. Es waren buddhistische Mönche.

Dann kamen die Kinder in die neuen Stadtviertel. Alle Kanäle waren dort mit Straßen überbaut. Sie erschraken furchtbar, als eine große, brummende Maschine hupend hinter ihnen her kam. Natürlich, es war nur ein Auto. Aber es war das erste, das sie in ihrem Leben sahen. Sie liefen vor ihm davon, und sie liefen und liefen, bis sie ihr Boot erreichten. Sie fuhren nach Haus zurück und sprachen noch lange von diesem größten Abenteuer ihres jungen Lebens.

Rufi die Robbe

Rufi war eine junge Mönchsrobbe. Er lebte an der Küste der Türkei, im östlichsten Zipfel des Mittelmeeres. Er konnte schwimmen und sich selber Fische fangen, aber er war noch sehr jung und viel kleiner als seine Mutter, darum blieb er immer ganz in ihrer Nähe.

Sie wohnten mit einigen anderen Robben in einer Höhle unterhalb eines Steilhangs am Ende einer kleinen, schmalen Bucht. Kein Mensch war jemals hierher gekommen. Rufis Mutter ließ ihn nie weit von der Höhle fort. Sobald ein Boot fern auf dem Meer erschien, drängte sie ihn in die Höhle hinein. „Warum?" fragte Rufi eines Tages. „Ich möchte mir so gern die Boote ansehen, sie sind sehr hübsch."

„O ja, Boote sehen hübsch aus", sagte seine Mutter. „Aber sie sind gefährlich, denn die Fischer sind unsere Feinde. Wenn sie eine Robbe finden, töten sie sie!"

Der arme Rufi erschrak so sehr, daß er sich tief ins Dunkle der Höhle schmiegte und den ganzen Tag nicht nach draußen wollte, obwohl gar kein Boot mehr in Sicht war.

Aber er mußte ja essen. Tags darauf schwamm er wieder dicht neben seiner Mutter und fing sich Fische. Dann lagen sie am Strand, und Rufi blickte unablässig übers Wasser und paßte auf, ob sich auch kein Boot näherte. Plötzlich hörte er hinter sich ein Geräusch. Er wandte den Kopf – da sah er Geschöpfe, die ihm ganz unbekannt waren, an den Klippen herabklettern. Seine Mutter sah sie nun auch. „Menschen!" schrie sie. „Spring ins Meer! Schwimm um dein Leben!" Sie tauchte ins Wasser und schwamm davon.

Die Männer kamen auf Rufi zu, der sich vor Angst nicht rühren konnte. Einer sagte freundlich: „Nur keine Angst, Kleiner, wir tun dir nichts. Wir freuen uns, daß wir dich sehen. Wir dachten, es gebe hier gar keine Robben mehr." Und die Männer erzählten, wie gern sie den Tieren helfen wollten. Sie wünschten sich Gesetze, die die Robben vor Jägern und Fischern schützten. Früher hatte es viele Mönchsrobben an der Küste der Türkei gegeben. Jetzt waren diese hier in der einsamen Bucht fast die einzigen, und ein paar andere lebten noch im Schwarzen Meer, im Norden der Türkei.

Als die Männer fort waren, kam Rufis Mutter mit den anderen Robben zurück. Wie freuten sie sich, daß dem Kleinen nichts Böses passiert war. Rufi erzählte alles, was er mit den Männern erlebt hatte. Dennoch blieben die Robben argwöhnisch, vor allem gegenüber Fischern und Jägern.

Heute lebt Rufi immer noch in der Höhle. Im sicheren Versteck wartet er darauf, daß die Robben eines Tages in Frieden mit den Menschen leben können. Er hofft, daß er eines Tages, wenn das Meer für ihn keine Gefahr mehr birgt, seine Vettern im Schwarzen Meer besuchen kann.

Im tiefen Dschungel

Mitten im heißesten Afrika strolchte einmal ein
kleiner Junge durch den Urwald. In dem vulka-
nischen Bergland von Uganda war er zu Hause.
Der Urwald ist dort ganz dicht und dunkel, und
der kleine Junge verirrte sich.

Er wußte nicht mehr, ob er nach links oder
rechts gehen müßte. Er wurde müde und ängstlich
und rief laut um Hilfe. Kein Mensch hörte ihn.
Der Junge hockte sich auf die Erde und weinte.
Plötzlich berührte eine große, behaarte Hand
seine Schulter. Der Junge blickte sich um – und
schrak zusammen. Hinter ihm stand ein riesiger,
schwarzbrauner Berggorilla! Er war größer als
ein Mann und mindestens dreimal so schwer.
Der Junge war zuerst wie erstarrt vor Angst.
Dann fiel ihm ein, was sein Vater gesagt hatte:
Gorillas sind sanft und freundlich; sie sehen nur
so grimmig aus. Solange man sie in Ruhe läßt,
leben sie friedlich im Urwald, essen Nüsse und
Früchte und tun niemandem etwas zuleide. Da
faßte der Junge Vertrauen. Er ließ sich von dem
großen Gorilla an die Hand nehmen und durch
den Urwald führen. Schweigend gingen sie eine
Weile, dann blieb der Gorilla stehen und wies auf
eine Lichtung. Ja, da standen Hütten, und da
war der Junge zu Hause. Der Gorilla wandte
sich lautlos um und verschwand zwischen den
Bäumen.

über den Himmel. Es war ein Raumschiff, das zum Mond flog. Alle Opossum-Babys begannen auf einmal zu schreien: „Mama, Mama, wir wollen auch zum Mond!" Mama Possum sagte, sie sollten doch nicht so dumm sein. „Soweit kann ich doch nicht springen", sagte sie, „wie soll ich euch denn zum Mond bringen?"

Aber die kleinen Possums weinten und bettelten und gaben Mama Possum keine Ruhe. Schließlich ging sie nach Hause und schrieb einen Brief an den Präsidenten: „Lieber Herr Präsident! Affen sind schon im Raumschiff geflogen. Hunde sind im Raumschiff geflogen. Wann dürfen Opossums mit einem Raumschiff fliegen? Meine neun Kinder wollen so gern zum Mond, und ich selbst hätte auch nichts gegen einen kleinen Ausflug. Wenn Sie im nächsten Raumschiff noch etwas Platz haben, bitte, lassen Sie uns mit."

Als der Präsident den Brief las, war er sehr überrascht. „Ich wußte gar nicht, daß Opossums schreiben können", sagte er. „Sie müssen sehr klug sein. Also gut, sie sollen mit zum Mond fliegen." Und wirklich, es dauerte nicht lange, da war Mama Possum mit ihren neun Kindern in einem Weltraumschiff unterwegs zum Mond. Sie landeten wohlbehalten mitten in einem flachen Krater. Alle Possumkinder kletterten auf Mama Possums Rücken und hielten sich fest. Sie kletterte die Einstiegleiter hinunter, ein Schwung, ein kleiner Sprung, und plumps! landete sie in einem Haufen Mondstaub.

„Jippiiih!" quiekten die Possumkinder. „Noch einmal, Mama!" So lief und sprang sie auf dem Mond herum, bis sie alle ganz mit Mondstaub bedeckt waren.

Dann stiegen sie wieder in die Raumkapsel und flogen zurück zur Erde. Was erregten sie doch für ein Aufsehen, als sie nach der Landung aus der Raumkapsel stiegen! Der Präsident kam selbst zu ihrer Begrüßung, und von allen Seiten wurden sie fotografiert. Jeder war begeistert von der klugen Mama Possum und ihren neun Kindern.

Jetzt sind sie wieder alle zu Hause in ihrer Höhle. Aber sie gehen nicht mehr nach draußen, um den Mond anzustarren. An der Wand hängen ihre Astronautenhelme, noch mit Mondstaub bedeckt. Wie ein großer und neun kleine Monde hängen sie da und schimmern über den Köpfen von Mama Possum und ihren neun Kindern.

VEREINIGTE STAATEN VON AMERIKA

Possums auf dem Mond

Mit ihren neun Babys lebte Mama Possum in einer Erdhöhle. Ihr richtiger Name war Opossum, aber alle ihre Bekannten nannten sie nur Mama Possum. Tagsüber blieben sie in ihrer Wohnung. Aber abends, wenn der Mond aufging und den Wald in ein mildes Silberlicht tauchte, kamen sie heraus. Mama Possum trug ihre neun Kleinen auf dem Rücken. Die hielten sich an ihrem Fell fest, und es gefiel ihnen gut, so zu reiten. Aber mehr als alles andere gefiel ihnen der Mond. Stundenlang konnten sie sitzen und den Mond anstarren.

Eines Nachts, als sie wieder dasaßen und den Mond betrachteten, sauste ein heller Silberfunke

Der Gaucho

In Uruguay, an der Atlantikküste Südamerikas, gibt es endlos weite Grasflächen, auf denen Tausende und aber Tausend Rinder weiden. Die Männer, die zu Pferd diese Herden bewachen, nennt man Gauchos.

Julio war ein Gaucho. Er trug ein leuchtend rotes Hemd, eine hübsche Weste, weite Hosen, glänzende Stiefel und einen großen schwarzen Hut. Ja, er sah wirklich hübsch aus.

Allein ritt er über die weite Prärie, allein mit seinem Pferd und den Rinderherden. Eines Tages sah er ein Wildpferd über die weite Ebene jagen. Es war das schönste Pferd, das Julio je erblickt hatte, und er war ganz bezaubert von ihm. Das zahme Tier, das er ritt, war gewiß ein gutes Pferd, aber das Wildpferd war hundertmal besser. „Das Wildpferd muß ich fangen und zähmen", dachte Julio, und er jagte hinter ihm her. Schnell wie der Wind raste das Wildpferd davon, aber dann hielt es, blickte sich um und wartete, bis Julio ihm schon ganz nahe war. Dann lief es wieder davon. Es foppte den Gaucho!

„Spiel du nur mit mir!" lachte Julio. „Ich kriege dich doch!"

So jagten sie lange, dann galoppierte das anmutige Wildpferd in ein Felsental. Julio ritt hinterher. Da stolperte sein Reittier und stürzte. Julio wurde gegen einen Felsen geschleudert, stieß sich den Kopf und blieb wie tot liegen.

Erschrocken rannte sein Pferd davon. Das Wildpferd aber blieb stehen, dann kam es zurück. Mit den Lippen fuhr es über Julios Gesicht und wieherte leise. Es blieb bei ihm stehen, bis Julio erwachte. Dann ließ es den Gaucho auf seinen Rücken steigen und brachte ihn heim zu seiner Hütte.

Ja, so war es: Das hübsche Wildpferd hatte den Gaucho ebenso lieb gewonnen wie Julio das Wildpferd. Sie blieben immer zusammen, durchstreiften gemeinsam die weite Prärie und lebten lange und glücklich.

Der Brillenbär

Hoch in den Bergen von Venezuela, in Südamerika, ist der Brillenbär zu Haus. Natürlich trägt er keine richtigen Brillengläser. Es sieht nur so aus.

Der Brillenbär hat nicht immer so ausgesehen. Einst ist er ganz und gar weiß gewesen. Aber das ist unendlich lange her. Das war damals, als alle Bären noch ganz neu waren.

Sie freuten sich alle sehr über die schöne Welt, rannten umher, hüpften und tanzten und spielten den ganzen Tag.

Der kleine weiße Bär war so begeistert, daß er immer rundherum im Kreis lief. Davon wurde ihm ganz schwindelig, und pardautz! fiel er in einen Tümpel. „Hahaha, das macht nichts!" lachte er und planschte in dem schlammigen Wasser. Bald war gar nichts Weißes mehr an ihm – er war ganz braun. „Heh du!" riefen die anderen Tiere. „Wasch dir schnell den Dreck ab, sonst wirst du nie wieder weiß!"

Aber der kleine Bär kümmerte sich nicht darum, er war ja so vergnügt. Er wischte nur rasch einmal über sein Gesicht, dann spielte und tollte er weiter. Und so ist es gekommen, daß der Brillenbär nur im Gesicht etwas Weißes hat und sonst ganz braun ist. Aber ihn stört das nicht, dazu ist er viel zu vergnügt.

Der rennende Hut

Als Fatima und Samsusakir mit ihrem Zauberteppich über Vietnam flogen, sahen sie etwas sehr Merkwürdiges. Ein Junge auf einem Fahrrad jagte einen Hut auf der Straße vor sich her. Es war einer von den spitzen Strohhüten, welche die Vietnamesen als Sonnenschutz tragen. Der Hut glitt immer vor dem Fahrrad her.

„Na sowas!" sagte Samsusakir. „Wir haben ja schon viel Seltsames gesehen, aber noch keinen Hut, der laufen kann."

Jetzt hüpfte der Hut über einen Graben in ein überflutetes Reisfeld und schwamm durch die Reihen der jungen Reispflanzen. „O du Bösewicht!" schrie der Junge. „Komm sofort aus dem Reis heraus!"

„Hallo!" sagte Samsusakir plötzlich, „das ist nicht nur ein Hut!" Er steuerte den Zauberteppich tief auf das Feld hinunter. Dann beugte er sich hinab und schnappte sich den Hut. Und da saß plötzlich auf dem Zauberteppich ein kleiner Affe! Der war unter dem Hut verborgen gewesen. Es war ein schlanker kleiner Affe mit rötlichem Fell, nur am Hals hatte er einen Kragen aus schwarzen und gelben Haaren.

Rasch flogen sie zur Straße zurück und landeten neben dem staunenden Jungen. Es dauerte eine ganze Weile, bis der sich von seiner Überraschung erholt hatte. Dann setzte er den Affen auf seine Schulter und bedankte sich. „Er wollte unbedingt meinen Hut haben", erklärte er. „Weil ich ihm den nicht lassen wollte, lief er damit weg." Er band den Hut unterm Kinn fest und radelte davon. Ein paarmal drehte er sich noch um und winkte, und der Affe winkte mit.

Owens Hund

Nahe am Snowdon, dem höchsten Berg Englands, betrieb der alte Owen seine Schafzucht. Er besaß eine große Schafherde und einen klugen Hirtenhund.

Abends trieben Owen und sein Hund mit Pfeifen und Bellen die Herde in den Pferch. Eines Abends, als Owen gerade das Gatter schließen wollte, fuhr ihm ein heftiger Schmerz in den Rücken. „Oh, oh, nun geht's wieder los mit meinen Kreuzschmerzen!" stöhnte der arme alte Owen und schlich gebückt ins Haus. Seine Frau steckte ihn sofort mit einer Wärmflasche ins Bett. Am nächsten Morgen konnte der arme Owen nicht aufstehen. Er rief seinen Hund zu sich. „Du mußt heute allein die Schafe hüten", sagte er zu ihm.

Owens Hund war sehr stolz, daß ihm die Schafe anvertraut wurden. Doch als er an den Pferch kam, war kein einziges Schaf darin, und das Gatter stand offen.

„Owen hat es gestern abend nicht richtig geschlossen, als er den Hexenschuß kriegte", dachte der Hund. Die Spuren der Schafe waren für ihn leicht zu finden. Die Nase am Boden, lief er ihnen nach – sie führten in die Berge.

Meilenweit folgte der Hund den Schafsspuren, höher und höher in die Berge. Und schließlich wußte er, wo sie waren: hoch oben auf dem Snowdon!

„Diese dummen Schafe!" knurrte der Hund und erklomm den Gipfel. Da stand die ganze Herde und bewunderte die Aussicht. „Wir wollten schon immer mal hier herauf", sagten die Schafe. „Schöner Ausblick, was?" Der Hund mußte das zugeben. Ja, man hatte einen herrlichen Blick von hier oben. Aber dann bellte er die Schafe an, zwickte sie in die Hinterbeine und trieb sie bergab. Er gönnte ihnen kein Verweilen, bis sie sicher daheim waren. Und diesmal sorgte der kluge Hund dafür, daß das Gatter richtig geschlossen war.

WESTINDIEN

Vana und der Feuergott

Vor Zeiten lebte auf einer der Westindischen Inseln ein schönes Mädchen, das hieß Vana. Sie war die beste Köchin weit und breit.

Auf derselben Insel gab es einen Vulkan, in dem wohnte ein Feuergott. Eines Tages wehte der Wind ihm den Duft aus Vanas Küche zu. Es war ein herrlicher Duft! Der Feuergott machte sich auf die Suche nach der Küche, wo es so lecker roch.

Als er Vana erblickte, wurde er von Liebe zu ihr erfaßt. Sofort sagte er, sie solle ihn heiraten und mit ihm im Vulkan leben. Vana sagte nein. Sie wollte nicht in einem Vulkan leben. Da wurde der Feuergott sehr böse. Er blies ihr ins Gesicht, und sie wurde sofort sehr häßlich. Sie wurde so häßlich, daß sie vor Kummer starb.

Da bereute der Feuergott, was er getan hatte. Er konnte Vana nicht wieder lebendig machen. An ihrem Grab aber sprach er einen Zauberspruch. Da wuchs eine Rankpflanze daraus hervor, sie begann zu klettern und bedeckte die Bäume mit herrlichen Blüten. Wenn die Blütenblätter welkten, wuchsen an ihren Stellen lange Schoten. Bald merkten die Menschen, daß diese Schoten köstlich schmeckten.

Bis zum heutigen Tag wächst diese Pflanze auf den Westindischen Inseln. Ihre Schoten werden in alle Welt verschickt. Die Blüten sind Orchideen, die Schoten heißen nach Vana, der schönen Köchin, Vanille.

Assaid sucht sein Glück

Vor langer Zeit lebte im Lande Yemen ein Junge, der hieß Assaid. Weil er so arm war, wollte er in der Fremde sein Glück suchen. Seine Freunde baten ihn: „Bleib bei uns. Wir sind arm, aber was macht das schon? Solange wir zusammen sind, sind wir fröhlich."

Aber Assaid wollte nicht bleiben. Er ging fort und wanderte durch den Yemen. Er suchte auf allen Wegen, er kletterte auf jeden Berg, er schwamm durch jeden Fluß, aber sein Glück fand er nicht.

Er wanderte so weit, bis er in eine Gegend kam, wo kein Mensch mehr wohnte. Assaid fühlte sich sehr einsam. Da sah er einen Kranich, der müde und stolpernd des Weges ging.

„Warum gehst du denn?" fragte Assaid.

„Warum fliegst du nicht?"

„Ich kann nicht fliegen", sagte der Kranich traurig. „Ich habe mein Zuhause und meine Freunde verlassen, weil ich die Welt sehen wollte. Unterwegs habe ich meine Schwingen verletzt, und nun muß ich versuchen, ob ich zu Fuß nach Hause komme." Er seufzte schwer und sank erschöpft zusammen.

Assaid hatte großes Mitleid mit dem müden, verwundeten Vogel. Er hob ihn auf und sagte: „Ich bringe dich heim."

Es war ein langer Weg bis zu den Sümpfen, wo die Kraniche lebten. Mit dem Kranich auf dem Arm, ging Assaid zwei Tage lang. Als sie ankamen und die anderen Kraniche ihren verloren geglaubten Freund sahen, tanzten sie vor Freude. Sie sprangen hoch in die Luft, warfen Stöckchen hoch und fingen sie wieder auf. Sie krächzten und trompeteten und hüpften und tänzelten. Das war seltsam und wunderbar anzusehen. Assaid hatte gar nicht gewußt, daß Kraniche immer tanzen, wenn sie sich freuen.

„Wie können wir dir danken?" fragten sie Assaid. „Was ist dein größter Wunsch?" Assaid seufzte: „Ich bin arm und suche mein Glück, aber vergebens."

„Wenn dir mit einem Schatz geholfen ist, so folge uns", krächzten die Kraniche. Sie führten Assaid durch den Sumpf und zeigten ihm eine alte, rostige Kiste. Sie war gefüllt mit glänzendem Gold und funkelnden Juwelen. Vor vielen, vielen Jahren hatte jemand den Schatz hier versteckt – niemand wußte davon, nur die Vögel. Assaid dankte den Kranichen. Er nahm sich, soviel er tragen konnte, und wanderte heimwärts. Jeder freute sich mit ihm über seinen Reichtum. Aber hauptsächlich freuten sie sich alle, daß er wieder da war! Assaid war nun reich und glücklich und ging nie wieder von Zuhause fort.

Die Fliegenbeinschuhe

In Jugoslawien gibt es eine alte Stadt, die Mostar heißt. Vor Jahrhunderten lebte dort ein seltsamer Junge. Er erfand viele merkwürdige Sachen. Einmal machte er sich ein Paar Fliegenbeinschuhe. Nein, er konnte damit nicht fliegen, aber er konnte damit Wände hinauflaufen und auf den Dächern gehen, genau wie eine Fliege. Allen Leuten führte er seine Fliegenbeinschuhe vor. Er spazierte damit über Türme und über Dachfirste.

„Wirklich, sehr interessant!" sagte jeder, „aber wozu das?" Sie lachten ihn aus und nannten ihn einen Narren.

Eines Tages wurde unversehens die Stadt von einem feindlichen Heer angegriffen. Alle Männer griffen nach ihren Waffen und rannten auf die Brücke, die in die Stadt führte. Dort entbrannte ein heißer Kampf. Sie ließen die Feinde nicht über die Brücke kommen.

Aber die Angreifer waren sehr stark, und die Männer aus Mostar wurden immer schwächer. Da kam dem erfinderischen Jungen ein Gedanke. Er zog seine Fliegenbeinschuhe an und überquerte die Brücke, den Kopf nach unten,

auf ihrer Unterseite. So gelangte er in den Rücken der Feinde. Zwei der fremden Krieger wollten ihn fangen. Da lief er senkrecht eine Mauer hinauf, stand dort, wo sie ihn nicht erreichen konnten, und machte freche Fratzen. Immer mehr der Feinde kamen herbei, standen unten an der Mauer und starrten zu dem Jungen hinauf, der waagerecht an der Mauer stand, als wenn seine Füße festgeklebt wären. Vor lauter Staunen vergaßen sie den Kampf. Da stürmten die Männer aus Mostar heran, griffen die Feinde an und warfen sie in den Fluß. Der Strom trieb sie fort, und sie wurden nie wieder in Mostar gesehen.

Nun war der seltsame Junge natürlich ein Held, und niemand nannte ihn mehr einen Narren.

Das Rennen

In Sambia – das ist in Afrika – war ein Bursche namens Harold, der Pferde sehr liebte. Er hatte nichts anderes im Kopf als Pferde. Nachts träumte er von Pferden, und tagsüber konnte er von nichts anderem reden als von Pferden.

Eines Tages besuchte Harold seinen Nachbarn Hanno. Was meint ihr, worüber er mit ihm sprach? Über Pferde, natürlich.

Hanno fand es langweilig und gähnte.

Harold hörte nicht auf. „Ich sage dir, im ganzen Land gibt es kein Tier, das schneller ist als mein Pferd Blitz."

Hanno gähnte abermals. Da fiel ihm etwas ein. „Meine Stella würde ihn im Rennen besiegen", sagte er.

„Da kann ich nur lachen", prahlte Harold. Sie verabredeten für den nächsten Sonntag ein Wettrennen zwischen Stella und Blitz. Der Sonntag kam, und auch alle Nachbarn kamen. Sie wollten das große Rennen sehen. Harold kam mit Blitz zum Startplatz geritten. Welch ein feuriges Pferd! Sein Fell glänzte, und es stampfte den Boden.

Und da kam Stella herangeschlenkert, mit Hanno im Nacken. Alle Leute lachten – Stella war nämlich eine Giraffe!

„Was soll das?" grollte Harold. „Das ist mein gutes Reittier Stella", sagte Hanno. „Du hast gesagt, kein Tier im Land könnte deinen Blitz schlagen. Du hast nicht gesagt, daß du nur Pferde meinst. Nun zeig mal, ob Blitz schneller ist als meine Giraffe!" Los ging es. Blitz galoppierte so elegant und schön, wie nur ein Rennpferd galoppieren kann. Lässig schaukelnd lief die alte Stella, und Hanno klammerte sich eng an ihren Hals.

Man kann einer Giraffe keinen Zügel anlegen, dazu ist ihr Hals viel zu lang. Und auf ihren steilen Rücken kann man auch keinen Sattel legen, der würde doch abrutschen. Hanno ritt sie ungesattelt. „Lauf, Stella!" schrie er ihr zu. Die Giraffe legte ihre Ohren zurück, streckte ihre langen Beine und lief – und sie lief sehr schnell. Sie ließ Blitz weit hinter sich und gewann das Rennen ganz mühelos. Denn – falls

es jemand noch nicht wissen sollte: Giraffen können schneller und länger laufen als Pferde.

Der arme Harold! Aber es tat ihm ganz gut. Er redete nicht mehr über Pferde – nur wenn ein anderer damit anfing, und das war selten.

Hättet ihr auch gern einen Zauberteppich?
Das wäre wunderbar, nicht wahr? Vielleicht
besucht ihr später einmal manches Land,
das in diesem Buch vorkommt. Aber auch,
wenn ihr nicht alle Länder der Welt selber
sehen könnt, ihr könnt bestimmt die
Geschichten in diesem Buch über alle Länder
lesen. Und das ist beinahe so lustig, als wenn
ihr sie vom Zauberteppich aus gesehen hättet!